## Citation

« N
poi
con
nou
tou

## Mots clés

- ethnocentrisme / tolérance
- humanisme
- sauvage, barbare
- relativisme
- décentrement du regard
- préjugé
- nature / convention

# DÉCOUVERTE
# ET PLURALITÉ D

## Idées principales

- La **physique** et la **cosmologie** modernes renouvellent la co
de la nature et de l'univers. → FICHE 24
- La modernité impose une vision du monde plus rationnell
influencée par le **modèle mathématique.** → FICHE 25
- Les **Grandes Découvertes** fascinent les écrivains et renouv
la littérature de la Renaissance. → FICHE 26
- La représentation littéraire des autres cultures permet de c
notre propre rapport à l'altérité et au monde. → FICHE 27
- La découverte du Nouveau Monde remet en question les r
des sociétés européennes. → FICHE 28

e en mon ouvrage, et même les Poissons.
isent s'adresse à tous tant que nous
e me sers d'animaux pour instruire
es. »

La Fontaine, « Dédicace à Monseigneur le Dauphin », *Fables* → FICHE 44

**Œuvres**

- Ambroise Paré, *Des monstres et prodiges* (1573)
- René Descartes, *Discours de la méthode* (1637)
- La Fontaine, *Fables* (1668-1694)
- Perrault, *Contes* (1697)
- Jonathan Swift, *Les Voyages de Gulliver* (1735)
- Madame Leprince de Beaumont, *La Belle et la Bête* (1756)

nimaux

ité

# FICHES BAC

1re générale

NOUVEAU BAC

# Humanités, littérature et philosophie

SPÉCIALITÉ

**Fabien Lamouche**
Professeur agrégé de philosophie

**Swann Spies**
Professeur agrégé de lettres modernes

**Bérangère Touet**
Professeure agrégée de lettres modernes

Hatier

## Le site de vos révisions

L'achat de ce Fiches bac vous permet de bénéficier d'un **ACCÈS GRATUIT*** à toutes les **ressources** d'annabac.com (fiches, quiz, sujets corrigés…) et à ses **parcours de révision** personnalisés.

Pour profiter de cette offre, rendez-vous sur **www.annabac.com** dans la rubrique « J'ai acheté un ouvrage Hatier ou Foucher ».

* Selon les conditions précisées sur le site.

PAPIER À BASE DE FIBRES CERTIFIÉES

Hatier s'engage pour l'environnement en réduisant l'empreinte carbone de ses livres. Celle de cet exemplaire est de : 550 g éq. $CO_2$
Rendez-vous sur www.hatier-durable.fr

**Crédits iconographiques :** *Intérieur* : **74** coll. Archives Hatier • **84** coll. Archives Hatier
*Dépliant* : **II** coll. Musée du Capitole, Rome • **IV** coll. Château de Versailles • **VI** coll. Musée Pio-Clementino, Vatican • **VIII** coll. Château de Versailles • **X** coll. Frick Collection, New York • **XII** coll. Musée Carnavalet / Paris-Musées

**Maquette de principe :** Frédéric Jély • **Mise en pages :** STDI
**Schémas :** STDI • **Iconographie :** Hatier illustration
**Édition :** Lisa Roche



**ISBN** 978-2-401-07811-6

# SOMMAIRE

*Quand vous avez révisé une fiche, cochez la case ❒ correspondante !*

## Les pouvoirs de la parole

# Les représentations du monde

## Découverte du monde et pluralité des cultures



## Décrire, figurer, imaginer



## L'homme et l'animal



**DÉPLIANT**

**Six cartes mentales**

# Quels sont les genres de discours ?

1

☐ OK

**L'art oratoire permet de persuader efficacement un auditoire. Quels genres de discours conduit-il à composer et quels sont les sujets qui y sont abordés ?**

## I Le discours persuasif

### 1 Éloquence et rhétorique

- La finalité de l'**art oratoire** est de persuader une personne ou un auditoire, d'une certaine idée ou opinion, par le moyen de la parole (en latin, *orare* signifie « parler ») : il faut alors, comme on dit, « trouver les mots », toucher les autres par son discours.
- L'**éloquence** est la capacité à s'exprimer de manière persuasive. Elle dépend de multiples facteurs : le tempérament ou l'histoire d'un individu, sa relation avec ceux qui l'écoutent, le sujet abordé, les circonstances, etc.
- La **rhétorique** est la connaissance des règles du discours, permettant de s'adresser avec élégance et efficacité à un auditoire. Comme tout art au sens où l'entendaient les Anciens (*ars* en latin, *teknè* en grec), c'est une activité qui produit un résultat (la persuasion) sur la base d'un savoir (les règles du discours).

**À noter**

Celui qui pratique l'art oratoire est appelé **orateur** (du latin *orator*) ou **rhéteur** (du grec *rhètor*). Dans l'Antiquité, les femmes, exclues de la citoyenneté, sont également exclues de cette pratique.

### 2 Objet et forme du discours

- La rhétorique vise avant tout à **établir une relation** entre la personne qui parle et celles à qui elle s'adresse. L'objet du discours (ce dont on parle), passe alors au second plan par rapport à la forme du discours.
- Cependant, les outils rhétoriques mobilisés varient selon **l'objet du discours** : l'utilité ou l'inutilité de certaines décisions, la justice ou l'injustice de certains actes, la beauté ou la laideur d'un genre de vie. Aristote distingue ainsi trois genres dominants de discours, selon la visée et le contexte.

**Mot clé**

**Aristote** (384-322 av. J.-C.) a codifié durablement les règles de l'art oratoire dans la *Rhétorique*.

## II Les contextes de l'art oratoire

### 1 Les trois genres de l'art oratoire selon Aristote

- Le **genre délibératif** correspond à ce que nous appelons aujourd'hui le discours politique : engageant l'avenir, il porte sur des décisions prises par des assemblées de citoyens, et qui s'avéreront utiles ou nuisibles à la communauté.
- Le **genre judiciaire** répond à la nécessité de juger certaines actions passées en évaluant si elles sont justes ou injustes. Cela correspondrait aujourd'hui au réquisitoire prononcé par le procureur (l'accusation) ou à la plaidoirie de l'avocat (la défense).
- Le **genre épidictique** est propre aux cérémonies et commémorations : l'orateur loue la beauté de certains engagements, par exemple lors d'un éloge funèbre, ou dénonce au contraire leur laideur. Dans les deux cas, l'enjeu est le présent pour une communauté qui cherche à se souder davantage ou à mieux définir ses valeurs et son identité.

### 2 La hiérarchie des genres

- Pour Aristote, le genre délibératif est le plus noble car l'homme y réalise pleinement sa nature d'**« animal politique »**, voué à chercher le bonheur dans l'accord avec ses concitoyens. Le genre judiciaire n'existe que pour régler les conflits ou réparer des erreurs. Quant au genre épidictique, il est plus « littéraire » et proche du spectacle, donc plus exposé à des dérives.
- Toute cette classification est inséparable du **contexte démocratique** de la Cité athénienne. C'est d'abord dans les tribunaux que l'art oratoire s'est développé, avant de s'installer dans les assemblées politiques et les réunions de citoyens. De grands orateurs et hommes d'État tels que Périclès ou Démosthène s'adressaient alors aux citoyens, qui participaient de façon très directe et presque quotidienne aux affaires publiques.

#### L'ESSENTIEL

**Les genres de discours selon Aristote**

| | genre délibératif | genre judiciaire | genre épidictique |
|---|---|---|---|
| contexte | assemblée politique | tribunal | cérémonies |
| visée | inciter ou dissuader | défendre ou accuser | louer ou blâmer |
| portée | futur | passé | présent |

# Qu'est-ce que parler dans les règles de l'art ?

2

☐ OK

**Cicéron (106-43 av. J.-C.) et Quintilien (35-96) ont codifié l'art oratoire à la suite d'Aristote (384-322 av. J.-C.). Pour persuader un auditoire, il faut à la fois instruire, plaire et émouvoir.**

## I Savoir argumenter

### 1 L'invention

- L'invention consiste à **trouver les arguments**, en rassemblant d'abord ses connaissances sur le sujet. L'orateur pourra invoquer les faits, les témoignages, et tous les arguments qualifiés par Aristote de « preuves extrinsèques », au sens où ils ne relèvent pas proprement du discours. À l'inverse, les « preuves intrinsèques » sont des ressources propres au discours, tels les « lieux ».

> **Mot clé**
> Les **« lieux »** (terme qui traduit le grec *topoi*) désignent depuis Aristote des arguments types utilisables à propos de n'importe quel sujet : proverbes, citations...

- Le sujet choisi impose cependant certaines **contraintes**. Dans un discours politique, il faut être concret et privilégier les exemples. Le contexte judiciaire, plus technique, requiert des raisonnements rigoureux qu'Aristote nomme enthymèmes. Un contexte cérémoniel impose l'amplification pour donner de la grandeur à ceux dont on fait la louange ▶ FICHE 1.

### 2 La disposition

- Une fois les arguments trouvés, l'orateur doit les présenter **dans le bon ordre**, en tenant compte non seulement des contraintes logiques, mais aussi de l'attention fluctuante de l'auditoire.
- La tradition distingue quatre moments dans le discours.

1. L'**exorde** introduit le sujet en captant l'attention de l'auditoire et si possible sa bienveillance.
2. La **narration** expose les faits : simple et précise, elle instruit l'auditoire.
3. La **démonstration** est le cœur de l'argumentation : il faut plaire, recourir à l'humour ou aux anecdotes, polémiquer, etc.
4. La **péroraison** conclut : c'est le moment d'émouvoir par un ton emphatique.

## II Avoir du style

### 1 L'élocution

**Mot clé**

Si la **conviction** s'obtient par des arguments exclusivement rationnels, la **persuasion** s'effectue principalement en jouant sur les sentiments des auditeurs.

- L'art oratoire nécessite une bonne connaissance de la nature humaine. On ne s'y emploie pas seulement à convaincre un interlocuteur choisi, comme en philosophie, mais on doit le persuader en tenant compte de sa « médiocrité », comme le rappelle Aristote : on s'adresse à des citoyens ordinaires, et non à des savants.
- Cicéron qualifie d'élocution la capacité à adopter un style noble, simple ou tempéré en fonction du sujet, des circonstances, et des moments du discours (simple dans la narration, élevé dans la péroraison).
- L'orateur doit s'adapter à son auditoire mais aussi le surprendre. Selon Cicéron, il doit donc maîtriser tous les styles, même s'il excelle dans l'un ou l'autre : alterner, être tantôt prudent, tantôt audacieux, ce qui ne peut pas totalement se codifier mais requiert aussi du tact et du bon sens.

### 2 La mémorisation et l'action

- Pour rester attentif aux réactions de son auditoire, l'orateur doit mémoriser son discours, du moins les grands axes et quelques phrases bien senties, qu'il pourra enrichir avec des moments d'improvisation.
- L'action concerne la prononciation du discours. Un bon orateur ne lit pas son discours mais le joue à la manière d'un comédien, en travaillant le ton, le rythme, la posture… L'action a de ce fait une dimension corporelle : gestes et expressions doivent appuyer le propos.

## L'ESSENTIEL

**Composer et prononcer un discours**

1. **Invention :** choix des arguments
2. **Disposition :** exorde, narration, démonstration, péroraison
3. **Élocution :** maniement du style (élevé, simple ou tempéré)
4. **Mémorisation :** apprentissage du discours, capacité à improviser
5. **Action :** diction, ton, rythme, expressions, gestuelle…

# Comment former un bon orateur ?

3

☐ OK

**L'usage de la parole s'acquiert dans l'enfance et peut devenir un art grâce à une formation spécifique. Mais un bon orateur doit également savoir exercer ses talents à bon escient.**

## I Apprendre la rhétorique

### 1 L'importance de l'exercice

- Si certains sont plus à l'aise que d'autres dans le maniement de la parole, l'éloquence n'est pas pour autant une disposition innée : comme tout art, elle est acquise par l'apprentissage puis la mise en pratique d'un certain nombre de règles.
- Cicéron distingue l'homme « disert », amateur de belles paroles pour son plaisir et souvent celui des autres, de l'homme « éloquent », qu'il faut voir comme un professionnel du langage. La nature fait des bavards, mais seul l'art fait des orateurs.
- Cicéron lui-même se présente comme un besogneux, d'abord entravé par un défaut de prononciation. Il parvint à le surmonter en travaillant sa diction et en s'exerçant à poser sa voix. De même, la légende rapporte que Démosthène, qui était bègue, s'entraînait à parler avec des cailloux dans la bouche.

> **À noter**
> Très admiré par Cicéron, l'homme politique athénien **Démosthène** (384-322 av. J.-C.) fut l'un des plus grands orateurs de l'Antiquité.

### 2 Un programme de formation

- On ne devient pas orateur tout à fait de la même façon dans les Cités grecques ou à Rome. Le jeune Athénien recevait des leçons de sophistes payés à prix d'or ▶ FICHE 20. Chez les Romains, la formation était davantage orientée vers la pratique : le jeune se plaçait sous le patronage d'un orateur confirmé et s'inspirait de son exemple.
- Les règles à acquérir étaient cependant à peu près intangibles et donnaient lieu aux mêmes exercices : lecture de discours, mémorisation, commentaire et discussion pour la partie théorique ; séances d'improvisation et joutes verbales pour la partie pratique.

## II Rhétorique et philosophie

### 1 Le sens de la justice

- Dans sa polémique contre les sophistes, Platon juge que la rhétorique est un outil puissant mais pervers. Il l'oppose à la **philosophie,** qui délaisse les ornements du langage pour ne considérer que le vrai, le juste, le beau (*Gorgias*, *La République*, IVe s. av. J.-C.) ▶ FICHE 21.

- La tradition est plus mesurée. Dans la *Rhétorique* (IVe s. av. J.-C.), Aristote distingue la « rhétorique sophistique », qui se met au service de n'importe quelle cause, de la « rhétorique philosophique » animée du souci de la vérité et de la justice. De même, Isocrate, auteur d'un traité *Sur l'échange* (Ve s. av. J.-C.), défend l'idée d'une « **éloquence philosophique** », c'est-à-dire éclairée, qui soit profitable à la société.

### 2 Bien penser pour bien parler

- Cicéron insiste sur les **qualités morales** qu'il faut éveiller et développer chez l'orateur. Il prône l'association de la sagesse et de l'éloquence : la première est inutile sans la seconde qui permet de la partager, mais la seconde est funeste si elle n'est pas éclairée par la première.

- Dans *L'Orateur idéal* (46 av. J.-C.), il présente la **philosophie** comme une propédeutique à l'enseignement de l'art oratoire car elle apprend à bien penser : elle offre une méthode rigoureuse et des connaissances variées sur la nature et les hommes.

> **Mot clé**
> Une **propédeutique** est un enseignement général préalable à un apprentissage plus approfondi.

- Cicéron souhaite que l'orateur complète ensuite sa formation par des **connaissances spécifiques** en administration des affaires publiques s'il se destine à la politique, en droit s'il souhaite exercer dans les tribunaux, et en littérature pour les discours cérémoniels ▶ FICHE 6.

### L'ESSENTIEL

**Les deux types de rhétorique selon Aristote**

**Rhétorique sophistique**
- maîtriser les techniques oratoires
- savoir s'imposer dans une discussion
- savoir emporter l'adhésion d'un auditoire

**Rhétorique philosophique**
- rechercher au préalable une sagesse
- promouvoir la vertu et la justice
- savoir éduquer le peuple

# Quel est l'héritage de la rhétorique antique à l'âge classique ?

4

☐ OK

**L'art oratoire de l'âge classique est régulièrement présenté comme l'apogée de l'expression française. Cette maîtrise de l'éloquence puise son inspiration dans l'héritage de la rhétorique antique.**

## I La rhétorique antique, un modèle indépassable

### 1 L'héritage des Anciens

- Au XVII<sup></sup>e siècle, la doctrine classique se fonde sur la redécouverte de la *Poétique* d'Aristote (IVe s. av. J.-C.) et de l'*Art poétique* d'Horace (Ier s. av. J.-C.). L'un des principes en est l'imitation des Anciens, dont le prestige littéraire avait déjà subjugué les humanistes de la Renaissance.

**À noter**

À la fin du XVIIe siècle, cette imitation est remise en cause par des auteurs qui souhaitent s'en émanciper, comme Charles Perrault : c'est la querelle des Anciens et des Modernes.

- Sur le modèle horatien, le poète Boileau publie son propre *Art poétique* en 1674 : grâce à sa maîtrise de la rhétorique antique, il y défend une parole poétique rigoureuse, dont la **perfection formelle** serait une condition nécessaire à l'expression de la vérité et de la beauté.

### 2 Codifier la langue

- Ainsi que Cicéron et Quintilien l'avaient fait avec la rhétorique latine, les linguistes classiques cherchent à **codifier l'expression française**.
- Des grammairiens comme Vaugelas ou Ménage définissent dans leurs travaux le bon usage d'une langue pleine de clarté et d'élégance. Le français, doté de règles précises, se normalise et s'épure.

### 3 La rhétorique au service des enseignements moraux et religieux

- Au Moyen Âge, l'imitation des auteurs antiques est mise au service de discours religieux. Au XVIIe siècle, le prêtre Bossuet mobilise toutes les ressources de la rhétorique dans ses *Sermons*, dont le ton virulent est destiné à **ébranler les consciences** de Louis XIV et de ses courtisans.
- Fénelon fait un usage satirique de la parole dans ses *Dialogues des morts* (1712) : la conversation de grandes figures du passé lui sert à **instruire en plaisant**, conformément à la **doctrine classique.**

## II La rhétorique antique réinventée

### 1 La rhétorique au service de la société de cour

- C'est notamment à travers la réappropriation de la rhétorique antique que se produit le processus que Norbert Elias appelle « **civilisation des mœurs** » : la société aristocratique devient une société de cour, adepte de la joute verbale plutôt que de la lutte par les armes.
- L'idéal humain du gentilhomme est tout entier résumé dans **l'art de la conversation** : il s'agit d'être un « **honnête homme** » à la parole élégante et plaisante, à la fois homme d'esprit et homme du monde.
- Les salons favorisent la **galanterie** et les jeux littéraires ; l'art oratoire y tient une place essentielle.

> **Mot clé**
> Les **salons**, comme celui de Madame de Rambouillet, sont des lieux mondains où les gens de lettres se rassemblent régulièrement afin de converser et de partager leurs œuvres.

### 2 La rhétorique à la source du « beau parler »

- **L'art épistolaire**, issu des grands épistoliers antiques comme Cicéron, est très en vogue dans la société aristocratique du XVII^e siècle. L'on y tâche d'informer le destinataire tout en le divertissant : des autrices comme Madame de Sévigné maîtrisent cet art à la perfection.
- L'âge classique reste ainsi préoccupé par les usages de la rhétorique. Les *Lettres* de Guez de Balzac (1624), où les figures de style harmonieuses abondent, deviennent le modèle d'un « **beau parler** » à imiter.
- La **préciosité** d'un Voiture, au discours richement orné de métaphores et d'hyperboles très recherchées, contribue à mettre en valeur la beauté du langage à travers le **raffinement de la parole poétique**.

## L'ESSENTIEL

**La rhétorique antique**

**... au service de la doctrine classique**
- l'imitation des Anciens
- le bon usage de la langue
- instruire en plaisant

**... au service d'un renouveau culturel**
- l'art de la conversation
- la parole poétique
- l'idéal galant

# Comment l'éloquence peut-elle renforcer une argumentation ?

5

☐ OK

**Du latin *eloquentia* signifiant « facilité d'expression, art de la parole », l'éloquence est un talent que l'on cultive encore de nos jours, notamment à travers de multiples concours.**

## I L'art précieux de l'éloquence

### 1 Un outil pour penser

- L'usage de l'éloquence pour porter efficacement ses idées trouve son origine dans la rhétorique antique. Les philosophes socratiques privilégient la **méthode dialectique**, propre à rechercher la vérité à travers l'exercice du dialogue philosophique.
- **L'enseignement médiéval** de la rhétorique met en valeur à son tour l'usage de l'éloquence au service de l'argumentation : l'oral y tient une place prépondérante par rapport à l'écrit. La pratique de la ***disputatio*** (dispute), menée et conclue par un maître, invite les étudiants à débattre de questions scientifiques ou théologiques.

### 2 Un art subtil

- Les **ressources stylistiques** de l'art oratoire sont mises à profit pour argumenter plus efficacement. Sur le modèle de grands orateurs comme Cicéron, l'on privilégie l'usage de la période. Dans *Des tropes* (1730), Dumarsais étudie la portée argumentative de diverses figures de style comme la métaphore ou la métonymie.

> **Mot clé**
> La **période oratoire** est une phrase longue et complexe, dont les propositions sont structurées de manière harmonieuse, afin que la pensée se développe logiquement.

- Qui maîtrise la parole peut tout défendre, **le meilleur comme le pire**. C'est ce que fait Dom Juan dans la pièce éponyme de Molière en se livrant à l'éloge paradoxal de l'inconstance ; son valet Sganarelle en reste subjugué : « Vous tournez les choses d'une manière, qu'il semble que vous avez raison ; et cependant il est vrai que vous ne l'avez pas. »
- Toutefois, **l'usage maladroit des procédés stylistiques** peut également se retourner contre la personne qui s'en sert : la plaidoirie hyperbolique et ridicule du portier Petit Jean, qui s'improvise avocat dans *Les Plaideurs* de Racine (1668), souligne les dangers d'une mauvaise maîtrise de l'éloquence.

## II Un discours incarné

### 1 Une éloquence vibrante

- Au-delà du texte, l'orateur peut utiliser **l'ensemble de son corps** afin de renforcer les effets de son discours (voix, gestes, déplacements…). En 1910, Albert Éloy-Vincent immortalise, dans ses *Croquis pour servir à illustrer l'histoire de l'éloquence,* les postures très expressives de Jean Jaurès lors de ses prises de parole à l'Assemblée nationale.
- La **puissance déclamatoire** du discours a son importance. Dans les sermons qu'il prononce devant Louis XIV et sa cour en 1662, le prêtre Bossuet apostrophe les puissants afin de leur rappeler leurs responsabilités. Au XX$^{e}$ siècle, Martin Luther King utilise le sermon dans sa lutte non violente pour les droits civiques des Noirs aux États-Unis.

### 2 La force des circonstances

- L'éloquence de l'orateur s'inscrit parfois dans le *kaïros*, **l'instant opportun** et décisif ; la portée de son discours en est décuplée.
- La puissance d'une argumentation peut ainsi être **renforcée et sublimée** par les circonstances entourant sa déclamation. En 63 av. J.-C., Cicéron, alors consul de Rome, dénonce devant le Sénat tout entier la conjuration politique du sénateur Catilina, en l'apostrophant directement dès ses premiers mots : « Jusqu'à quand abuseras-tu, Catilina, de notre patience ? »

> **À noter**
> Le début de ses *Catilinaires,* modèle d'exorde *ex abrupto* (sans préambule), sert encore d'inspiration aujourd'hui pour de multiples plaidoiries et articles de presse.

- Le 4 juin 1940, Winston Churchill, Premier ministre du Royaume-Uni, prend la parole afin d'inciter les Britanniques à poursuivre la lutte contre l'invasion allemande. La **solennité du moment historique** renforce l'anaphore « *We shall fight* » (« Nous nous battrons »), qui structure la péroraison du discours.

### L'ESSENTIEL

**L'éloquence**
- → permet d'exprimer clairement sa pensée
- → s'acquiert par la maîtrise de la rhétorique
- → donne vie au discours pour le renforcer

# ŒUVRE CLÉ • Cicéron, *L'Orateur idéal*

6

☐ OK

***L'Orateur idéal* est extrait d'un traité paru en 46 av. J.-C. sous le titre latin *Orator ad Brutum*. Cicéron y évoque les qualités qui font un brillant orateur.**

## I Cicéron et l'art oratoire

### 1 L'auteur

- Né en 106 av. J.-C. dans une famille bourgeoise, Cicéron reçoit une formation complète qui lui permet d'accéder aux plus hautes fonctions de la République romaine. Il meurt en 43 av. J.-C., exécuté à la demande de Marc Antoine qui fait exposer à Rome sa tête et ses mains coupées.

> **À noter**
> Nommé consul en 63 av. J-C., Cicéron assuma ses responsabilités politiques sans jamais abandonner son activité de philosophe.

- Conscient d'être reconnu comme **l'un des plus grands orateurs de l'Antiquité**, Cicéron prend soin de faire transcrire et publier ses discours prononcés devant les tribunaux ou le Sénat.

### 2 La visée de l'ouvrage

- Cicéron a déjà traité de l'art oratoire dans *De l'Invention* (84 av. J.-C.) et *De l'Orateur* (55 av. J.-C.), puis publié une histoire de l'éloquence à l'intention de Brutus en qui il voit **un possible successeur** (*Dialogue sur les orateurs illustres*, 46 av. J.-C.).

> **À noter**
> Marcus Junius Brutus est un sénateur républicain et l'un des chefs de la conjuration contre Jules César en 44 av. J.-C.

- C'est aussi à Brutus qu'est dédié *L'Orateur idéal*. Destiné à un lecteur averti, le traité passe vite sur la distinction des genres oratoires ▶ FICHE 1 et les règles du discours ▶ FICHE 2. Il se concentre sur **le style et la culture nécessaires** pour briller dans cet art : « je ne cherche pas un orateur à former mais un orateur que je puisse apprécier ».

## II Un portrait personnel

### 1 Le goût de Cicéron

- Interrogé par Brutus sur son style préféré, Cicéron rejette l'asianisme (style exubérant et chargé) que lui reprochent les jeunes orateurs plus admiratifs du **style attique**, simple et clair, de Lysias ou Thucydide.

- Convaincu cependant qu'« un auditoire ne s'enflamme pas si le discours lui-même n'est pas brûlant », Cicéron défend **son style abondant et passionné**, et renvoie ces jeunes gens à leur méconnaissance des orateurs attiques. Isocrate et Démosthène, qu'il prend pour modèles, savaient jouer de tous les styles : « le simple pour prouver, le tempéré pour plaire, et le véhément pour émouvoir ».
- Cicéron recommande de s'appuyer autant sur le « bon sens » que sur les recettes apprises dans les « ateliers des rhéteurs » : il faut **« assortir le style à la matière »** tenir compte des « dispositions » de l'auditoire et respecter le *decorum*, c'est-à-dire les « convenances dans l'expression et la pensée ».

## 2 À la recherche du parfait orateur

- « L'orateur parfait dont je vais dresser ici le portrait », dit Cicéron avec des accents platoniciens, « n'a peut-être jamais existé et je ne cherche pas à savoir qui a pu l'être » : il n'en cite pas moins ses propres discours comme des « ébauches » de cette « **fusion harmonieuse des différents styles** ».
- L'**élocution** est comme l'esprit de l'art oratoire : c'est l'écriture, ou mise en mots. Mais l'**action** en est comme le corps : le parfait orateur maîtrisera aussi la mise en musique (par la voix) et la mise en scène (par les gestes) de son discours ▶ FICHE 2.
- Il saura enfin et surtout lui **donner de la consistance** en étant, comme Cicéron lui-même, d'abord formé à la philosophie, afin de maîtriser la dialectique et d'avoir les connaissances nécessaires ▶ FICHE 3.
- L'orateur parfait doit ainsi réaliser **l'alliance du « fond » et de la « forme »**. À travers ce portrait, un Cicéron vieillissant défend l'idéal qu'il s'est toujours efforcé d'incarner au profit de la société romaine, et qui animera longtemps l'enseignement des humanités.

### L'ESSENTIEL

**Le parfait orateur selon Cicéron**

**Qualités philosophiques**
- bonne moralité, sens civique
- maîtrise de la dialectique et de la logique
- connaissances variées et approfondies

**Qualités rhétoriques**
- maîtrise des règles du discours
- sens des situations
- capacité à varier les styles

# L'art de la parole

## 1 Les fondements de la rhétorique

▶ FICHES 1 & 2

> Quand donc, Athéniens, quand ferez-vous votre devoir ? Qu'attendez-vous pour agir ? Que la nécessité vous y force sans doute ? Mais aujourd'hui que faut-il penser de la situation ? Moi je crois que pour des hommes libres, la nécessité la plus pressante, c'est d'avoir à rougir de sa conduite ! Préférez-vous, dites-moi, aller de l'un à l'autre sur l'agora, en vous demandant : « Y a-t-il du nouveau ? » Et quoi de plus nouveau que de voir un Macédonien triompher d'Athènes et gouverner la Grèce ?
>
> Démosthène, *Philippiques* (IVe s. av. J.-C.)

**De quel genre oratoire cet extrait relève-t-il ?**

☐ a. délibératif ☐ b. judiciaire ☐ c. épidictique

## 2 L'orateur idéal

▶ FICHES 3 & 6

**Quelles sont les qualités d'un parfait orateur ?**

☐ a. la maîtrise de la rhétorique

☐ b. une bonne moralité ☐ c. des connaissances étendues

## 3 Rhétorique et argumentation

▶ FICHES 4 & 5

| 1. Vrai ou faux ? | Vrai | Faux |
|---|---|---|
| a. Les auteurs classiques codifient la langue. | ☐ | ☐ |
| b. Au XVIIe s., l'art épistolaire s'éteint peu à peu. | ☐ | ☐ |
| c. L'éloquence ne passe que par le contenu du discours. | ☐ | ☐ |

**2. Reliez chaque orateur à la cause qu'il défend.**

| | |
|---|---|
| a. Bossuet • | • e. la lutte contre l'invasion |
| b. Dom Juan • | • f. l'inconstance |
| c. Winston Churchill • | • g. les droits civiques |
| d. Martin Luther King • | • h. la charité des courtisans |

## CORRIGÉS

### 1 Les fondements de la rhétorique

**Réponse a.** Le grand orateur Démosthène exhorte les citoyens athéniens à voter l'entrée en guerre. Philippe, roi de Macédoine, cache en effet de moins en moins son ambition de dominer la Grèce et de réduire les « hommes libres » d'Athènes, la Cité démocratique, en esclavage. Démosthène en appelle à leur honneur pour les persuader de prendre cette décision difficile mais nécessaire.

### 2 L'orateur idéal

**Réponses a, b et c.** Outre la maîtrise de la rhétorique, le parfait orateur nécessite selon Cicéron d'autres qualités : une bonne moralité pour servir de nobles causes, et des connaissances pour donner de la solidité à son discours.

**À noter**

Contrairement à Platon, Cicéron n'oppose pas philosophie et rhétorique mais veut les associer.

### 3 Rhétorique et argumentation

1. a. **Vrai.** Au XVII^e siècle, la langue est épurée, normalisée afin de lui donner clarté et élégance grâce à des règles précises.
b. **Faux.** Au contraire, l'art de la correspondance est omniprésent au XVII^e puis au XVIII^e siècle. Les romans épistolaires se multiplient.
c. **Faux.** L'éloquence passe également par la mise en œuvre concrète du discours (posture, voix, gestes...) et les circonstances de sa déclamation.

2. a. **Réponse h**. Dans ses *Sermons*, Bossuet rappelle aux courtisans leur responsabilité vis-à-vis du peuple qui souffre.

b. **Réponse f**. Dans la pièce de Molière, Dom Juan fait l'éloge de l'inconstance face à un Sganarelle incapable de répliquer.

c. **Réponse e.** En juin 1940, Churchill encourage le peuple britannique à poursuivre la lutte contre l'envahisseur nazi.

d. **Réponse g.** Martin Luther King lutte pour les droits civiques des Noirs aux États-Unis, pays marqué par l'héritage de l'esclavage et de la ségrégation.

# *FLASH*CARDS

8

Mémorisez les idées clés des fiches 1 à 6.

## L'art de la parole

**1**

Qu'est-ce que la rhétorique et quels sont les trois contextes dans lesquels elle s'exerce ?

▶ FICHE 1

**2**

Quelles sont les cinq dimensions de l'art oratoire ?

▶ FICHE 2

**3**

Quels sont les quatre moments qui composent un discours ?

▶ FICHE 2

**4**

Qu'appelle-t-on un « lieu » (ou *topos*) dans la rhétorique antique ?

▶ FICHE 3

**5**

Citez quatre signes de l'influence antique sur les écrivains de l'âge classique.

▶ FICHE 4

**6**

Qu'est-ce que l'éloquence ?

▶ FICHE 5

**7**

Qu'est-ce qu'un éloge paradoxal ? Citez au moins un exemple.

▶ FICHE 5

**8**

Quels sont les trois effets que l'orateur doit exercer sur son auditoire selon Cicéron ?

▶ FICHE 6

## RÉPONSES

**Efforcez-vous de répondre aux questions par vous-même avant de consulter les réponses, puis révisez régulièrement pour bien mémoriser.**

### 1

La **rhétorique** est l'art de bien parler. Elle s'exerce principalement dans les assemblées politiques (genre délibératif), les tribunaux (genre judiciaire) et les cérémonies (genre épidictique).

### 2

Les **cinq dimensions de l'art oratoire** : l'invention (trouver les arguments), la disposition (les mettre en ordre), l'élocution (trouver les mots), la mémorisation et l'action (délivrer le discours avec force).

### 3

Les **quatre étapes du discours** :
- l'exorde (introduction),
- la narration (exposé des faits),
- la démonstration (argumentation proprement dite),
- la péroraison (conclusion).

### 4

**« Lieu »** (en grec, *topos*) : argument typique utilisable dans n'importe quel discours. La maîtrise des « lieux » entrait dans le programme de formation des jeunes orateurs.

### 5

**Influence des Anciens** sur les écrivains de l'âge classique :
- réutilisation des formes littéraires antiques
- recherche de la perfection formelle
- codification de la rhétorique
- « bon usage » de la langue

### 6

**Éloquence** : du latin *eloquentia* (« art de la parole »), talent de s'exprimer afin d'émouvoir et de persuader par la maîtrise du discours.

### 7

**Éloge paradoxal** : discours vantant les qualités de quelque chose qui va au contraire du sens commun ou de l'ordre établi.
→ *Éloge de la folie* (Érasme), éloge de l'hypocrisie (Molière, *Dom Juan*)

### 8

Trois **effets** que doit exercer l'orateur idéal selon Cicéron :
- « instruire »
- « plaire »
- « émouvoir »

# D'où provient l'autorité d'une parole ?

9

☐ OK

**L'éloquence n'explique pas à elle seule pourquoi certains individus sont plus écoutés que d'autres. Il faut aussi considérer comment la personne qui parle peut incarner une autorité susceptible de rendre son discours plus efficace.**

## I La parole d'autorité

### 1 Une parole qui s'impose

- L'autorité est une **relation de pouvoir**. C'est pourquoi la parole d'autorité n'a pas besoin d'être persuasive : comme l'observe Hannah Arendt, ce n'est qu'entre égaux qu'on s'efforce d'être persuasif, tandis que la parole d'autorité s'impose d'elle-même, en vertu d'une hiérarchie reconnue et acceptée par les personnes qui écoutent (*Qu'est-ce que l'autorité ?*, 1972).

> **Mot clé**
> L'**autorité** n'est pas fondée sur l'usage de la force, mais sur une reconnaissance de la part des personnes qui lui sont soumises. Elle dépend des rapports de domination à l'œuvre dans chaque société.

- C'est pourquoi Aristote note l'importance de l'« **éthos** » ou caractère de l'orateur : ce qu'il est, ou plutôt ce qu'il représente aux yeux de son auditoire. « Il faut veiller à se présenter soi-même sous un certain jour », dit-il dans la *Rhétorique* (IVe s. av. J.-C.).

### 2 Figures de l'autorité

- Dans le domaine **politique**, « autoriser » signifie donner mandat à quelqu'un pour parler et agir en son nom. En 429 av. J.-C., lorsque Périclès rend hommage aux morts de la guerre du Péloponnèse, il ne s'exprime pas en son nom propre mais au nom de tous les Athéniens.
- L'autorité peut aussi être **morale ou intellectuelle**. Elle procède alors d'une grande vertu ou de connaissances pointues, et renvoie dans l'Antiquité à la figure du sage. Ainsi, Lucrèce rend hommage dans son poème *De la nature* (vers 55 av. J.-C.) à son maître Épicure, dont il prétend seulement « suivre les traces » et transmettre la doctrine.
- Pour les croyants, un prêtre ou un prophète parlent **au nom de Dieu**. Dans ses *Sermons*, Augustin (354-430) distingue le « Verbe », ou parole de Dieu, et la « voix » humaine qui n'en est que le véhicule. « Ce que je dis vient de Lui », affirme Augustin.

## II La parole efficace

### 1 Le langage performatif

- Le débat récent entre le linguiste John Austin et le sociologue Pierre Bourdieu confirme que l'autorité du discours ne provient pas de la parole seule, mais d'abord du statut de la personne qui parle et de sa capacité à **incarner un principe supérieur** (le peuple, la sagesse, la divinité).
- Dans *Quand dire, c'est faire* (1962), Austin qualifie de **constatif** un énoncé qui a pour finalité de décrire le réel, et qui peut donc être vrai ou faux (ex. : « le chat est dans le jardin »). À l'inverse, un énoncé **performatif** n'est ni vrai ni faux, c'est un « acte de langage » par lequel la personne qui parle accomplit quelque chose (ex. : « je baptise ce bateau *le Titanic* », « je vous déclare unis par le mariage », etc.).
- Mais pour réussir, cette parole doit être prononcée dans des circonstances précises et par la personne appropriée. Pour Bourdieu, la **position sociale** du locuteur est déterminante et impose de donner au discours les formes requises (*Ce que parler veut dire*, 1982).

### 2 Le risque de l'imposture

- Les discours habiles ont pourtant une efficacité indépendante du statut de la personne qui les tient : savoir persuader les autres ou donner à son discours l'apparence du vrai est aussi une affaire de **maîtrise des techniques oratoires**.

> **Mot clé**
> L'**efficacité** est la capacité de produire des effets : une parole peut agir sur la personne qui la reçoit, ou sur la réalité elle-même.

- L'individu qui acquiert une autorité par sa seule parole est donc suspect : n'est-il pas qu'un imposteur, usurpant par la **séduction des mots** une autorité qui ne lui appartient pas ? Tel est le reproche que Platon adresse aux sophistes ▶ FICHE 21.

## L'ESSENTIEL

**Discours d'autorité** →
- hiérarchie reconnue
- parole efficace
- locuteur qui parle au nom d'une entité supérieure (le peuple, la sagesse, Dieu…)

**Discours persuasif** →
- égalité des interlocuteurs
- parole argumentée
- locuteur qui parle en son nom propre

# Est-il raisonnable de croire sur parole ?

10

☐ OK

**De grandes révolutions intellectuelles ont eu lieu au nom d'une idée simple : mieux vaut exercer son raisonnement que croire tout qu'on nous dit.**

## I Le « miracle grec »

### 1 Du *muthos* au *logos*

- La Grèce archaïque conférait aux hommes inspirés un pouvoir de dire le vrai : poètes, oracles ou rois, ces « maîtres de vérité » dévoilaient ou rappelaient aux autres la volonté des dieux. L'ordre du monde s'expliquait par les mythes rapportés par Homère ou Hésiode.
- Entre le VIIe et le IVe siècle av. J.-C., on passe du « muthos » au « logos », mode de pensée argumenté et rationnel au moyen duquel les hommes rendent compte par eux-mêmes de la nature et de leur histoire.
- De nombreuses sciences naissent ou se perfectionnent alors : mathématiques, physique, histoire… C'est ce qu'on a appelé le « miracle grec ».

**Mot clé**

Le ***muthos*** désigne un mode de pensée où le monde s'explique par l'intervention des dieux ; le ***logos*** renvoie à l'argumentation rationnelle.

### 2 La naissance de la philosophie

- L'apparition de la philosophie confirme le passage d'une parole d'autorité ▶ FICHE 9 à une parole argumentée. Socrate, qui prétend ne rien savoir, dialogue avec ses concitoyens sur toutes sortes de sujets pour les amener à réfléchir.
- Cette méthode se cristallise chez Platon et Aristote dans l'examen dialectique : deux interlocuteurs recherchant ensemble la vérité s'interrogent tour à tour pour mettre à l'épreuve leurs opinions.

## II L'avènement de la modernité

### 1 L'argument d'autorité

- La méthode dialectique perdure dans la tradition scolastique sous la forme de la « dispute » (*disputatio*) qui complète la lecture et l'explication des textes (*lectio*). Mais elle est assortie de références obligées aux textes qui font alors autorité : la Bible, ou lumière apportée par la révélation de Dieu aux hommes, et l'œuvre d'Aristote, issue quant à elle de la seule raison ou « lumière naturelle ».

**Mot clé**

Enseignée dans les universités du Moyen Âge, la **scolastique** (du latin *schola*, « école ») s'efforçait de concilier foi et raison.

- Les penseurs médiévaux usent de **l'argument d'autorité**, consistant à invoquer ces références tenues pour indiscutables, au lieu de recourir à un raisonnement personnel. Mais comme la raison humaine est faillible, elle doit, selon Thomas d'Aquin (1225-1274), s'incliner devant la foi si elle entre en contradiction avec celle-ci. C'est pourquoi la philosophie est alors considérée comme la « **servante de la théologie** ».

## 2 Penser par soi-même

- Point de départ de la pensée moderne, le ***Discours de la méthode*** (1637) rompt avec cette tradition. Dans cette « fable » aux allures biographiques, et rédigée en français pour être accessible au plus grand nombre, Descartes prône l'exercice autonome de la pensée.
- Selon lui, on doit **questionner les préjugés** au moyen du doute (ne rien considérer comme vrai sans l'avoir examiné au préalable) et du voyage (parcourir le « grand livre du monde »). Descartes présente alors la lecture des grands auteurs du passé comme une « conversation » d'égal à égal et non comme un enseignement.
- Il ouvre ainsi la voie aux Lumières, dont Kant formulera la devise dans *Qu'est-ce que les Lumières ?* (1784) : « **Ose te servir de ton propre entendement !** ». Kant fait l'éloge de ce « siècle de la critique », à laquelle toutes les autorités (politiques, religieuses, intellectuelles) sont désormais exposées dans le monde moderne.

### L'ESSENTIEL

**De la croyance au doute critique**

1. **Grèce archaïque** : autorité de la parole divine (*muthos*)
2. **Grèce classique** : autorité de la parole argumentée (*logos*)
3. **Moyen Âge** : autorité des textes religieux et classiques (scolastique)
4. **Époque moderne** : paroles d'autorité soumises à un examen critique

# D'où vient l'autorité de la parole littéraire ?

11

☐ OK

**La légitimité de la parole littéraire a régulièrement été remise en question face à la parole politique, régulatrice de la cité. Pourquoi considérer la parole des écrivains ? Qu'est-ce qui fonde sa légitimité et son efficacité ?**

## I Une parole prestigieuse dès l'Antiquité

### 1 Une parole inspirée

- Dans l'Antiquité grecque, les aèdes, poètes épiques, prennent en charge la parole littéraire. Ils reçoivent l'inspiration divine des muses, et sont les gardiens symboliques et prestigieux de la mémoire culturelle de leur civilisation. Au début de l'*Odyssée*, Homère demande à l'une des muses de chanter le retour d'Ulysse à Ithaque après la guerre de Troie.

> **Mot clé**
> Les **muses** sont les neuf filles de Zeus et de Mnémosyne, déesse de la mémoire ; elles inspireraient les poètes, les historiens ou encore les dramaturges.

- À la Renaissance, les poètes de la Pléiade chantent la gloire de l'artiste inspiré, qui vante les beautés du monde : son génie le rend immortel. Ronsard dédie ainsi une ode à Calliope, la muse de la poésie épique : « C'est toi, ma Princesse, / Qui me fais sans cesse / Fol comme je suis. »

### 2 Une parole fondatrice

- L'aède grec a pour fonction culturelle essentielle de mettre en mots les exploits dignes d'être racontés ; le rhapsode, poète itinérant, part ensuite déclamer ces hauts faits de cité en cité. L'*Iliade* homérique raconte ainsi un épisode épique de la guerre légendaire entre les Achéens et les Troyens.

- Ces exploits épiques ont une portée collective : ils fondent l'histoire d'un peuple. Au Moyen Âge, les chansons de geste comme la *Chanson de Roland* (XIe siècle), d'auteurs multiples et inconnus, racontent les combats glorieux de chevaliers héroïques aux prises avec leurs ennemis.

> **À noter**
> Le mot *auteur* est étymologiquement lié au verbe latin *augeo* (« augmenter ») : l'auteur est celui qui conserve les hauts faits et les transmet de manière grandiose.

## II | Une parole tutélaire et respectée

### 1 L'évolution du statut de l'auteur littéraire

L'autorité de la parole littéraire tient également au **statut social de l'auteur,** de mieux en mieux reconnu au cours des siècles.

- Jusqu'au Moyen Âge, la **propriété** des œuvres n'existe pas : celles-ci sont largement commentées et remaniées par les copistes du clergé.
- Le changement de diffusion des textes grâce à l'**imprimerie**, à la Renaissance, renforce le statut de l'auteur : son nom, sur la couverture, est mis en valeur. La censure de l'Église et du pouvoir royal veille, cependant : nombre d'auteurs publient sous **pseudonyme**.
- Le statut de l'auteur se voit mieux **réglementé et protégé** au cours du XVIII$^{e}$ siècle, notamment grâce à la Société des auteurs et compositeurs dramatiques, fondée par Beaumarchais en 1777.

### 2 Une parole singulière

- La posture de **témoin privilégié** de son époque confère à l'écrivain son autorité. Les moralistes du XVII$^{e}$ siècle, comme La Rochefoucauld ou La Bruyère, épinglent dans leurs œuvres didactiques les mœurs de leurs contemporains à travers des maximes ou des portraits.
- La **parole autobiographique**, par son affirmation égotique, est une manière pour l'auteur de souligner l'autorité et la singularité de sa parole. C'est ce qu'explique Rousseau au tout début de ses *Confessions* (éd. posthume, 1782).
- Au XIX$^{e}$ siècle, des romantiques comme Victor Hugo vont jusqu'à **sacraliser** la figure de l'écrivain, faisant du poète un prophète, un guide de ses contemporains, doté d'une clairvoyance particulière.

> **Citation**
> « Je forme une entreprise qui n'eut jamais d'exemple, et dont l'exécution n'aura point d'imitateur. »

### L'ESSENTIEL

**Fondements de l'autorité de la parole littéraire**
- sacralisation de l'inspiration (muses, génie romantique…)
- rôle culturel fondateur et portée collective des oeuvres
- singularité de l'écrivain (témoin privilégié de son époque, au statut reconnu)

# La parole de l'écrivain peut-elle avoir un effet mobilisateur ?

12

☐ OK

**« Le talent est un titre de responsabilité, » écrit le général de Gaulle à propos de son refus de gracier l'écrivain collaborationniste Robert Brasillach en 1945. La parole littéraire peut en effet, par l'autorité qu'elle porte, avoir un impact sur les consciences.**

## I L'écrivain, une conscience lucide

### 1 L'ambition de corriger les mœurs

- De longue date, on prête à la littérature un rôle central dans la **formation de la conscience collective**. Dotée d'un certain prestige, la voix de l'écrivain porte : elle peut influer sur les mœurs, les actes, les pensées.
- Au XVIIe siècle, les **moralistes** classiques observent et décrivent les mœurs ; leurs œuvres tendent aux lecteurs le miroir de leurs vices, pour mieux les combattre. C'est le cas des portraits caustiques de La Bruyère dans ses *Caractères* (1668) ou des grandes comédies de Molière.
- La **littérature édifiante** vise à amender le lecteur : les sermons de Bossuet, prononcés en chaire, invitent les courtisans de Louis XIV à méditer sur la « grande affaire de l'éternité » et à appliquer concrètement les préceptes de la charité chrétienne.

### 2 Un souci de stimuler la réflexion

- Dès ses origines antiques, la tragédie est liée aux affaires publiques. Les pièces reflètent les **questionnements civiques** liés à la naissance de la démocratie.
- Chez Sophocle par exemple, Antigone transgresse les interdits pour donner une sépulture à son frère : l'œuvre interroge le devoir citoyen de résistance face à un pouvoir injuste.

> **Citation**
> « Le théâtre est un géant qui blesse à mort tout ce qu'il frappe », écrit Beaumarchais dans la préface du *Mariage de Figaro* (1784), conscient de l'influence de son art sur la société.

- L'écrivain bouscule parfois **les idées reçues et les institutions** : La Boétie, dans son *Discours de la servitude volontaire* (éd. posthume, 1576), appelle les hommes à se défaire de la servilité imposée par les tyrans. Au XVIIIe siècle, Diderot dénonce les abus de l'absolutisme dans l'article « Autorité politique » de l'*Encyclopédie* (1751).

## II Une parole engagée et légitime

### 1 La défense de causes diverses

- Les **périodes troublées** favorisent les prises de position des écrivains. Pendant les conflits religieux qui déchirent le XVIe siècle, Ronsard prend parti pour les catholiques dans le *Discours des misères de ce temps*, tandis que d'Aubigné érige les protestants en martyrs dans *Les Tragiques*.

- À la fin du XIXe siècle apparaît la figure de **l'intellectuel engagé** : dans « J'accuse », lettre ouverte au président de la République, Émile Zola prend publiquement le parti du militaire Alfred Dreyfus, accusé à tort d'espionnage et victime de l'antisémitisme.

> **Mot clé**
>
> L'**écrivain engagé** prend une position idéologique ou morale dans son œuvre, ce qui le mène parfois à l'exercice de fonctions politiques ou à des actions sur le terrain.

- L'écrivain peut célébrer des **valeurs communes**, devenant porte-parole de la nation. André Malraux, écrivain devenu ministre de la Culture, rend ainsi un vibrant hommage à l'héroïsme de Jean Moulin, « le visage de la France », lors du transfert de ses cendres au Panthéon en 1964.

### 2 L'engagement comme devoir

- Au XIXe siècle, Hugo est convaincu de **l'utilité sociale de l'artiste** qui montre la voie pour améliorer la société. Ses convictions, portées par une verve éblouissante, percent dans nombre de ses œuvres. Il accuse le gouvernement d'inaction contre les injustices sociales dans son *Discours sur la misère* (1849), thème au centre des *Misérables* (1862).

- Après la Seconde Guerre mondiale, Sartre souligne la **responsabilité inaliénable** de l'écrivain, qui doit s'ériger au besoin en force de contestation et de mobilisation pour défendre des valeurs universelles et intemporelles, comme la justice ou la liberté.

### L'ESSENTIEL

**La parole littéraire peut…**
- faire évoluer les comportements
- éveiller l'esprit critique
- dénoncer les injustices et défendre des valeurs

# ŒUVRES CLÉS • Rabelais, *Gargantua* et *Pantagruel*

13

☐ OK

**Publiés dans les années 1530, les deux ouvrages racontent les aventures du géant Pantagruel et de son père Gargantua. La question de la parole y est centrale : les discours d'autorité y sont parodiés, détournés, transfigurés à l'aune de l'humanisme de la Renaissance.**

## I Une parole joyeuse et moqueuse

### 1 Une parole à double sens

- La parole rabelaisienne est fondamentalement **joyeuse**, comme le rappelle la dédicace au lecteur au début de *Gargantua* : « Mieux est de ris que de larmes écrire, / Pour ce que rire est le propre de l'homme. »
- Cependant, le prologue de *Gargantua* invite le lecteur à rechercher derrière ce rire **de véritables réflexions** : il faut interpréter cette parole « à plus haut sens » afin d'en extraire la « substantifique moelle ».
- Le discours de frère Jean aux autres moines pour les inciter à défendre leurs vignes (ch. 25) peut ainsi paraître risible ; il met cependant en lumière une véritable **éthique de l'action**, immédiatement mise en pratique dans un combat héroïcomique.

### 2 Une parole satirique

Chez Rabelais, les discours d'autorité sont souvent remis en question.

- **Les théologiens traditionnels** sont dotés d'une pensée rabougrie et nécrosée, visible dans leurs prises de parole maladroites : Janotus de Bragmardo, grand théologien mais piètre orateur, chargé de récupérer les cloches de Notre-Dame auprès de Gargantua, n'est ainsi capable que de tenir un discours ridicule farci de latin de cuisine (ch. 18).
- **L'enseignement scolastique de la Sorbonne**, hérité de la philosophie médiévale ▶ FICHE 10, constitue une cible privilégiée : prompte au psittacisme, cette instruction corrompt l'esprit de Gargantua jusqu'à le rendre « fat, niais et ignorant ». La parole de son maître Thubal Holoferne, « grand docteur en théologie » dont le nom signifie ironiquement « confusion », est tournée en dérision.

> **Mot clé**
>
> Le **psittacisme** consiste en la répétition mécanique de notions que l'on n'a pas comprises, comme un perroquet ; c'est l'un des reproches majeurs de Rabelais aux « Sorbonicoles ».

## II Une parole humaniste

### 1 Une parole d'apaisement

Dans les romans rabelaisiens, la parole transmet une morale humaniste, qui tend vers un monde de raison, d'amour et de paix universelle.

- Dans *Gargantua*, Grandgousier est représenté, à travers une lettre à son fils, en modèle de roi pacifique et philosophe, juste et droit, protecteur des arts et des sciences, à la manière de François Ier (ch. 27).
- Envoyé pour négocier auprès du belliqueux Picrochole, l'ambassadeur Ulrich Gallet fait l'éloge du pacifisme (ch. 29) ; il se heurte à la « furie » du mauvais roi, incapable de s'exprimer avec mesure.
- La harangue de Gargantua aux vaincus (ch. 48) révèle la noblesse d'âme du bon roi, libérateur et généreux : l'autorité de sa parole est légitimée par ses actes, qui portent les valeurs cardinales de l'humanisme.

### 2 Une parole émancipatrice

- Dans *Pantagruel*, Gargantua rappelle à son propre fils l'importance d'une éducation riche et variée, dans l'ensemble des arts libéraux (ch. 8). Par sa maîtrise de la rhétorique, le jeune page Eudémon incarne d'ailleurs l'idéal cicéronien ▶ FICHE 6.
- À l'autorité ridicule des théologiens s'oppose l'autorité avisée de la parole humaniste. Le pédagogue Ponocrates (dont le nom signifie « travailleur, résistant à la fatigue ») offre à Gargantua une nouvelle éducation, qui prend aussi bien soin du corps que de l'esprit.
- L'utopique abbaye de Thélème, que Gargantua confie à frère Jean, offre une parole de confiance aux individus qui la peuplent : « FAIS CE QUE VOUDRAS » (ch. 55). La devise souligne la liberté de femmes et d'hommes bien nés et bien instruits, portés à la vertu et à l'honneur.

> **Mot clé**
> Le modèle éducatif des **arts libéraux** se compose traditionnellement du *trivium* (les connaissances liées à la langue) et du *quadrivium* (celles liées aux nombres).

**L'ESSENTIEL**

La parole rabelaisienne
- éveille l'esprit critique
- permet à l'homme de s'émanciper
- porte un idéal humaniste (raison, paix)

# Quiz EXPRESS 14

Avez-vous bien révisé les fiches 9 à 13 ? On vérifie !

## L'autorité de la parole

### 1 La parole d'autorité

▶ FICHES 9 & 10

1. Le « miracle grec » désigne une période où l'on est passé :

☐ a. du *muthos* au *logos*

☐ b. de l'*éthos* au *pathos*

2. Selon Kant, la devise des Lumières est :

☐ a. « Je pense, donc je suis. »

☐ b. « Ose penser par toi-même ! »

### 2 La parole littéraire

▶ FICHES 11 & 12

| Vrai ou faux ? | Vrai | Faux |
|---|---|---|
| a. Dans l'Antiquité, les muses inspirent les poètes. | ☐ | ☐ |
| b. Le statut de l'auteur est protégé dès le Moyen Âge. | ☐ | ☐ |
| c. L'usage d'un pseudonyme peut protéger l'écrivain. | ☐ | ☐ |
| d. Les Lumières font l'éloge de l'absolutisme. | ☐ | ☐ |

### 3 La parole dans *Gargantua* et *Pantagruel*

▶ FICHE 13

**Associez chacun de ces personnages de *Gargantua* à sa prise de parole.**

| | |
|---|---|
| a. Frère Jean • | • f. défense d'une éducation archaïque et sclérosée |
| b. Thubal Holoferne • | • g. exhortation au combat |
| c. Janotus de Bragmardo • | • h. parole du maître éclairé |
| d. Ponocrates • | • i. discours ridicule sur les cloches de Notre-Dame |
| e. Gargantua • | • j. parole pacificatrice |

## CORRIGÉS

### 1 La parole d'autorité

**1. Réponse a.** Née sous la plume d'Ernest Renan, l'expression « miracle grec » désigne le passage du *muthos* (« mythe » en grec) au *logos* (qui signifie à la fois « raison » et « discours »), entre le VII^e et le IV^e s. av. J.-C.

**2. Réponse b.** Le mouvement des Lumières, au XVIII^e siècle, a tenté de diffuser le savoir et de promouvoir la liberté. Cela passait par une remise en question de toutes les autorités (politiques, intellectuelles, religieuses), et donc par un libre examen conduit par les individus.

**À noter**

La citation « Je pense, donc je suis » est de Descartes. Celui-ci commença à promouvoir l'exercice personnel de la pensée au XVII^e siècle.

### 2 La parole littéraire

**a. Vrai.** Les muses, filles de la Mémoire, sont censées dicter aux aèdes grecs le contenu de leurs chants.

**b. Faux.** Il faut attendre le XVIII^e siècle pour que la propriété intellectuelle des œuvres soit progressivement reconnue.

**c. Vrai.** De nombreux écrivains et écrivaines ont eu recours à des pseudonymes ou à l'anonymat, afin de se protéger de la censure.

**d. Faux.** Les philosophes des Lumières remettent en cause les abus et les injustices du pouvoir absolu.

### 3 La parole dans *Gargantua* et *Pantagruel*

**a. Réponse g.** Frère Jean pousse ses « troupes » au combat pour défendre leurs vignes, en déployant une verve comique efficace.

**b. Réponse f.** Thubal Holoferne incarne les périls de l'enseignement scolastique hérité du Moyen Âge ; sa parole sonne creux.

**c. Réponse i.** Maître Janotus se ridiculise à travers un discours mal maîtrisé, formulé dans un latin indigeste.

**d. Réponse h.** Ponocrates incarne la nouvelle éducation humaniste proposée à Gargantua.

**e. Réponse j.** La harangue de Gargantua aux vaincus montre sa grandeur d'âme à travers une parole apaisée et libératrice.

# FLASHCARDS

Mémorisez les idées clés des fiches 9 à 13.

15

## L'autorité de la parole

**1**

Qu'est-ce qu'une parole d'autorité ?

▶ FICHE 9

**2**

Quelles sont les trois principales sources de la parole d'autorité ?

▶ FICHE 9

**3**

Qu'est-ce qu'un argument d'autorité ?

▶ FICHE 10

**4**

Quelle est la différence entre un aède et un rhapsode ?

▶ FICHE 11

**5**

Quel auteur de la Pléiade met en avant « l'immortalité » du poète ?

▶ FICHE 11

**6**

Citez trois objectifs des écrivains moralistes.

▶ FICHE 12

**7**

Qu'est-ce qu'un auteur engagé ? Citez au moins un exemple.

▶ FICHE 12

**8**

Citez trois objectifs de la parole humaniste chez Rabelais.

▶ FICHE 13

## RÉPONSES

**Efforcez-vous de répondre aux questions par vous-même avant de consulter les réponses, puis révisez régulièrement pour bien mémoriser.**

### 1

La **parole d'autorité** est une parole qui s'impose d'elle-même, en vertu d'une hiérarchie. Elle n'a pas besoin d'être persuasive : la personne qui écoute reconnaît en effet la légitimité de celle qui parle.

### 2

Les **trois principales sources** de la parole d'autorité :
- le peuple (autorité politique)
- la sagesse (autorité morale ou intellectuelle)
- l'inspiration divine (autorité religieuse)

### 3

Un **argument d'autorité** consiste à se référer à une autorité savante ou sacrée pour justifier ce que l'on dit plutôt que de le démontrer par une argumentation logique.

### 4

- **Aède** : poète épique créateur, dans l'Antiquité grecque (ex. : Homère).
- **Rhapsode** : chanteur itinérant, récitant de poèmes épiques.

### 5

**Ronsard** : pour lui, le poète traverse les siècles et son génie le rend immortel.

### 6

Objectifs des **écrivains moralistes** :
- observer les mœurs de leurs contemporains
- fustiger les vices
- donner des leçons morales

### 7

**Auteur engagé** : écrivain qui prend publiquement position sur les problèmes de son temps.
→ Zola (sur l'affaire Dreyfus), Hugo (contre la misère), Sand (pour l'égalité), etc.

### 8

Objectifs de la **parole humaniste** chez Rabelais :
- émanciper l'homme par l'éducation
- faire l'éloge de la vertu et de la paix
- éveiller l'esprit critique

# Quelles émotions la parole poétique suscite-t-elle ?

16

☐ OK

**Le terme *poésie* vient du grec *poiêsis* signifiant « création, fabrication » : le poète fait œuvre d'artisan de la langue. Dense, musicale, puissante et finement travaillée, la parole poétique produit des émotions intenses sur les personnes qui l'écoutent.**

## I Susciter la compassion

La parole poétique peut se faire **pathétique** afin d'éveiller la compassion.

### 1 Le désespoir amoureux

Privilégiée par des poètes romains antiques comme Catulle ou Tibulle, **l'élégie poétique** accueille les tourments et les souffrances de l'amour malheureux ▶ FICHE 18.

### 2 Les souffrances de l'exil

- Le poète latin Ovide, exilé loin de Rome sur l'ordre de l'empereur Auguste, exprime son désespoir dans les *Tristes* et les *Pontiques* (début du Ier siècle après J.-C.) : ces recueils de lettres en forme de complaintes traduisent la peine infinie d'être séparé des siens.
- De même, c'est dans *Les Regrets* (1558) que Joachim du Bellay, en ambassade à Rome, chante la **mélancolie déchirante** d'être séparé de son pays natal : « Quand reverrai-je, hélas, de mon petit village / Fumer la cheminée, et en quelle saison / Reverrai-je le clos de ma pauvre maison… »

**Citation**

En exil lui aussi, à cause du coup d'État de Napoléon III, Victor Hugo déclare avec panache dans *Les Châtiments* (1852) : « Et s'il n'en reste qu'un, je serai celui-là ! »

### 3 Le désespoir existentiel

- Au Moyen Âge, le « prince-poète » Charles d'Orléans exprime, à travers des ballades allégoriques, les **nuances subtiles** de ses états d'âme désespérés : dans la « forêt d'Ennuyeuse Tristesse », le poète errant devient ainsi « l'homme égaré qui ne sait où il va ».
- Les *Poèmes chrétiens* de Jean de Sponde (1588) sont également empreints de la conscience de la **vanité cruelle** de la vie humaine : « Vivez, hommes, vivez, mais si faut-il mourir. »

## II Susciter l'admiration ou la révolte

### 1 La poésie épique

Dès l'Antiquité, la parole poétique a pu chercher à **grandir des héros dignes d'éloges.**

- Virgile, poète latin, demeure un modèle indépassable pour de nombreux poètes de la Renaissance et de l'âge classique. Son *Énéide* « chante » le destin d'Énée, **ancêtre légendaire** du peuple romain.
- Les auteurs médiévaux inspirent l'admiration pour des **figures extraordinaires** à travers les chansons de geste : ainsi des combats magnifiés de l'empereur Charlemagne (dont le cycle contient la *Chanson de Roland*) ou des aventures merveilleuses de Huon de Bordeaux.

> **Mot clé**
> Les **chansons de geste** sont des récits relatant des exploits guerriers. Elles sont réunies en cycles, autour d'un personnage central et des vaillants chevaliers qui l'entourent.

### 2 La poésie satirique et polémique

- Dès l'Antiquité, Horace utilise la forme poétique pour **ridiculiser les vices** de ses contemporains dans ses *Satires* et ses *Épîtres* (Ier s. av. J.-C.).
- Sous la plume de Rutebeuf, au XIIIe siècle, la poésie se charge d'**accents polémiques** : il n'hésite pas à attaquer directement le roi Louis IX, dont les décisions lui semblent influencées par des ecclésiastiques sans scrupules.
- La parole peut se mettre au service de **la révolte du poète**. Dans ses *Tragiques* (1616), Agrippa d'Aubigné se fait le témoin des atrocités de son temps : il associe l'histoire à la poésie afin de montrer **l'horreur de la persécution** des protestants au XVIe siècle.

### L'ESSENTIEL

La parole poétique peut susciter…

- la compassion (poésie lyrique ou pathétique)
- l'admiration (poésie épique)
- le rire moqueur (poésie satirique)
- la colère et l'indignation (poésie polémique)

# Quelles séductions la fiction exerce-t-elle ?

17

☐ OK

**Qui n'a jamais été aimanté par une fiction ? Du latin *fingere* (« façonner, feindre »), la fiction, si fréquente en littérature, a partie liée avec la séduction ; elle entraîne le lecteur dans l'imaginaire. Comment expliquer son si puissant attrait ?**

## I Un goût immémorial pour les histoires

### 1 Des récits qui repoussent les limites du réel

- La civilisation humaine se bâtit culturellement autour d'une tradition orale de fictions partagées : les **mythes.** Ces histoires fondatrices pulvérisent les contours du réel : ainsi des destins d'Icare brûlant ses ailes en volant vers le Soleil, ou de Prométhée dérobant le feu aux dieux pour le donner aux hommes, racontés par Ovide dans *Les Métamorphoses*.
- L'esprit humain est friand de **mondes imaginaires**, propices à la rêverie. « Chacun songe en veillant, il n'est rien de plus doux », rappelle La Fontaine dans sa fable « La Laitière et le Pot au lait ».
- Dans la fiction, l'imagination est reine : elle permet l'**exploration des possibles** en bousculant les limites de la raison. Dans *Pantagruel* de Rabelais, le narrateur pénètre à l'intérieur de la bouche du géant, y trouvant un formidable monde à part entière.

### 2 Un pouvoir captivant redoutable

- Au début du XVIIIe siècle, Antoine Galland traduit le recueil de contes orientaux des *Mille et Une Nuits*. Le **pouvoir de la fiction sur les lecteurs** y est mis en abyme à travers la figure de la conteuse Shéhérazade, qui sauve sa vie en envoûtant chaque soir un sultan grâce à ses histoires captivantes.
- Faire appel à l'imaginaire est un moyen efficace de **capter l'attention** : La Fontaine le souligne dans « Le Pouvoir des fables », où un orateur ne parvient à solliciter l'attention des Athéniens qu'en amorçant une fable propre à les intriguer. Le fabuliste le concède lui-même : « Si *Peau d'âne* m'était conté, j'y prendrais un plaisir extrême. »

**À noter**

En 1976, le psychanalyste Bruno Bettelheim souligne l'importance des contes de fées (et notamment ceux rassemblés par Charles Perrault) pour la constitution de l'enfant.

## II Une stratégie pour donner à penser

### 1 Toucher l'imaginaire pour emporter l'adhésion

- La fiction se décline en une **infinité de formes**, de l'apologue aux récits de toutes sortes, en passant par le théâtre.
- L'argumentation indirecte transmet des idées *via* la fiction : le récit devient **prétexte à réflexion**. L'argumentation perd alors en rigueur démonstrative ce qu'elle gagne en persuasion, en s'adressant à l'imagination et à la sensibilité plus qu'à la raison.

**Mot clé**

L'**apologue** est un court récit de fiction qui sert à la transmission d'une leçon morale, comme la fable, le conte ou la parabole.

- La fiction **marque les esprits**. Dans son *Histoire de Rome*, Tite-Live évoque l'orateur Ménénius Agrippa qui raconte la révolte stérile des organes contre un estomac jugé à tort inactif et tyrannique : il montre que le corps social est un ensemble aussi harmonieux que le corps humain, malgré ses injustices apparentes.

### 2 Faire passer des idées de manière détournée

- La fiction permet d'aborder des **questions existentielles** sous un angle plus accessible. Voltaire, dans son conte *Candide*, fustige l'optimisme hérité du philosophe Leibniz (le « meilleur des mondes »). La fiction devient une arme au service du combat philosophique.
- En empruntant le détour de la fiction, l'écrivain peut **formuler des idées difficilement exprimables**, voire sujettes à la censure. Sous le couvert plaisant de l'imagination, les *Lettres persanes* de Montesquieu ciblent bel et bien la monarchie absolue.
- De même, la République des oiseaux, imaginée par Cyrano de Bergerac dans ses *États et Empires de la Lune*, choisit pour souverain le plus inoffensif d'entre eux, une colombe, avide de concorde et de douceur : le contraste souligne **l'autoritarisme brutal** de la monarchie française.

### L'ESSENTIEL

**Les séductions de la fiction**
- Une parole imaginaire
- Une parole qui capte l'attention
- Un support pour la réflexion

# Comment le discours amoureux peut-il séduire ?

18

☐ OK

**« Il faut s'aimer, et puis il faut se le dire, et puis il faut se l'écrire », déclare Victor Hugo. Le discours amoureux vise à plaire, séduire et émouvoir : c'est la parole qui cherche par excellence à « amener à part, à l'écart » (*se-ducere*).**

## I L'expression de la passion amoureuse

### 1 L'amour dans toutes ses nuances

- L'amour se décline sous **toutes ses nuances**, de la passion naissante à l'amour épanoui, jusqu'aux tourments du cœur épris.
- Dans l'Antiquité, la poétesse Sappho exprime avec force ses sentiments amoureux, **entre souffrance et exaltation**. L'expression de la peine due à l'amour donne naissance à la tradition élégiaque ; dans la mythologie, les chants d'Orphée déplorant la perte d'Eurydice émeuvent jusqu'aux rochers.

**Mot clé**

L'**élégie**, héritée de la poésie gréco-latine, est un poème lyrique plaintif, souvent mélancolique, qui exprime les malheurs du cœur humain.

- En poésie, les **sonnets** se prêtent bien à la séduction amoureuse. Ronsard, dans ses *Amours* (1552) puis ses *Sonnets pour Hélène* (1578), s'inscrit dans la continuité de l'Italien Pétrarque, en invitant ses muses à profiter de leur beauté présente et à céder aux charmes de l'amour.

### 2 Une mise en mots recherchée

- Pour attiser le désir, la mise en mots est essentielle. Le **registre lyrique** privilégie l'expression des sentiments et recherche la beauté à travers les images ou la musicalité poétique.
- La parole lyrique charme par **le plaisir et l'émotion** qu'elle suscite. Ovide prodigue des conseils de séduction dans son *Art d'aimer* (Ier s.) : le billet doux joue un rôle essentiel car « la beauté se laisse vaincre par l'éloquence ».
- Ronsard trace les **contours délicats du sentiment amoureux**, véritable défi pour le langage poétique : « Le cœur le dit assez, mais la langue est muette. » Pour l'exprimer, les poètes et poétesses de la Renaissance et de l'âge classique cultivent une langue aux effets recherchés, mobilisant hyperboles et analogies (le feu, la blessure, le poison, la maladie).

## II Un discours très codifié

### 1 Une empreinte culturelle

La séduction est étroitement liée aux conceptions morales de l'époque : le discours amoureux est à replacer dans son **contexte culturel et social**.

- Au Moyen Âge, la *fin'amor* laisse transparaître la noblesse des sentiments au sein du discours. L'amour est intimement lié au **chant**, comme le rappelle le troubadour Bernard de Ventadour : « Ce n'est pas merveille si je chante mieux que tout autre chanteur ; c'est que, plus que tous les autres, je me soumets à Amour et lui obéis. »

> **Mot clé**
> La ***fin'amor***, liée à l'idéal chevaleresque, enjoint l'amant épris d'une dame inaccessible à faire preuve de dévouement et de courage.

- L'humanisme de la Renaissance enjoint à se réapproprier les **sources antiques** : les poètes de la Pléiade s'inspirent de leurs prédécesseurs, tandis que Louise Labé s'inscrit dans l'héritage de la poétesse Sappho.
- Au XVIIe siècle, les femmes de la haute société tiennent des **salons précieux** où éclosent le raffinement amoureux et le badinage galant. Les jeux de séduction font partie intégrante de la civilisation de cour.

### 2 L'authenticité du discours

- Le discours amoureux n'est pas toujours **authentique** : le « je » du poète n'est pas forcément le « je » intime. Dans la *Guirlande de Julie* (XVIIe s.), de nombreux poètes rivalisent d'ingéniosité dans un **jeu mondain** pour chanter les louanges de la belle Julie d'Angennes.
- Quand il manque de naturel ou d'authenticité, le discours amoureux se fait parfois **insidieux** dans la bouche de personnages sans scrupules : le Dom Juan de Molière (1665), libertin invétéré, laisse libre cours à sa parole séductrice, dont le public mesure toute l'imposture.

## L'ESSENTIEL

**Comment le discours amoureux peut-il séduire ?**

- En exprimant la variété et la force des sentiments (le lyrisme)
- En exploitant la musicalité du langage
- En maniant les codes de séduction propres à l'époque

# Comment la parole peut-elle tromper, manipuler ?

19

☐ OK

**« La profession d'hypocrite a de merveilleux avantages », fanfaronne le Dom Juan de Molière. La littérature abonde en personnages qui cherchent à tromper et à manipuler, à des fins plus ou moins louables ou douteuses.**

## I Une parole créative et maîtrisée

### 1 Une parole astucieuse

- Dans l'*Iliade* et l'*Odyssée* apparaît le personnage mythologique d'Ulysse, caractérisé par sa *mêtis*, son intelligence rusée. Cet **art de la tromperie** lui sert par exemple à faire croire au cyclope Polyphème qu'il s'appelle « Personne », afin de lui échapper après l'avoir aveuglé.
- Les personnages astucieux ont toujours **fasciné les lecteurs** ; en témoigne l'immense succès des aventures de Renart le goupil (dont le nom propre a remplacé le nom commun), écrites à partir de la fin du XIIe siècle. L'animal rusé y joue des tours malicieux à son compère le loup Ysengrin.
- Le **jeu sur les mots** peut servir à construire la parole trompeuse. Lors de son ordalie, la belle Yseut, accusée d'adultère, traverse une rivière juchée sur les épaules de son amant Tristan déguisé. Elle y prononce un serment à double sens, affirmant que nul n'est jamais passé entre ses cuisses à part son mari, et ce « pèlerin » qui la porte sur ses épaules… (Béroul, XIIe siècle).

**Mot clé**

Dans le système judiciaire médiéval, l'**ordalie** est une épreuve employée pour décider de l'innocence ou de la culpabilité d'une personne accusée ; il s'agit d'un jugement divin.

### 2 Une parole virtuose

La **maîtrise de la rhétorique** ▶ FICHES 2 ET 5 est indispensable à la pratique de la parole manipulatrice.

- Shakespeare met en scène cette question dans *Jules César* (1599). Alors que les citoyens se réjouissent que César ait été assassiné, l'on permet pourtant à son ami Marc Antoine de lui rendre hommage ; feignant de ne pas être un bon orateur, il parvient cependant, grâce à **une ironie cinglante**, à retourner totalement la foule contre les meurtriers.

- Dans *Le Menteur* de Corneille (1644), Dorante passe maître dans l'art de la tromperie, multipliant **les quiproquos et les mensonges** afin de parvenir à ses fins dans le monde de la galanterie parisienne.

## II La duplicité de la parole

### 1 Une parole trompeuse

La parole trompeuse, souvent déceptive, peut renverser les valeurs de l'ordre social.

- C'est le cas de celle de Tartuffe dans la pièce éponyme de Molière (1669) : le faux dévot essaie d'y séduire Elmire par des raisonnements religieux hypocrites : « Le scandale du monde est ce qui fait l'offense, / Et ce n'est pas pécher que pécher en silence. »

**Mot clé**

Au XVIIe siècle, les **faux dévots** feignent la piété pour servir leurs propres intérêts. Tartuffe lorgne ainsi sur l'héritage de son protecteur, ainsi que sur sa femme et sa fille.

- Dans *Dom Juan* (1665), Molière met dans la bouche de son personnage libertin un **éloge paradoxal de l'hypocrisie**, qu'il n'hésite pas à mettre en pratique auprès de son propre père, lui faisant croire qu'il a abandonné ses mœurs dissolues.

### 2 Une parole vénéneuse

- La parole manipulatrice du **traître** peut mener à de dangereuses issues : ainsi de Ganelon dans *La Chanson de Roland* ou de l'« honnête Iago » qui, par sa parole « empoisonnée », mène son supérieur à tuer son épouse par jalousie dans l'*Othello* de Shakespeare (1603-1604).
- Véritable venin, la parole **s'insinue dans l'esprit** du destinataire, jusqu'à déclencher la tragédie. C'est le cas de Lady Macbeth enjoignant son époux à tuer le roi d'Écosse dans *Macbeth* (Shakespeare, 1606). Chez Racine (1677), l'accusation d'inceste trompeuse de Phèdre à l'encontre de son beau-fils Hippolyte provoque leur mort à tous deux.

### L'ESSENTIEL

**Une parole créatrice et adroite** →
- qui permet de se sortir d'affaire
- qui utilise à son profit les ressources de la rhétorique

**Une parole qui joue sur la duplicité** →
- qui inverse les valeurs
- qui agit comme un poison

# La parole, arme de séduction massive ?

20

☐ OK

**La séduction est souvent associée à la tromperie, et les beaux discours accusés d'être enjôleurs. Pourtant, les sophistes et orateurs grecs ont aussi vu dans la parole un puissant ressort de socialisation.**

## I La parole charmeuse

### 1 Les processus de séduction

- Le mot « séduction » vient du verbe latin *seducere* qui signifie « corrompre », « détourner du droit chemin », **attirer vers soi en suscitant le désir**. La parole a sa part dans ce processus : comme on le dit souvent, le séducteur est un « beau parleur » dont « on boit les paroles ».

- Au v$^{e}$ siècle avant J.-C. en Grèce, les sophistes sont les premiers à réfléchir aux processus de séduction par le discours. Dans le contexte de la démocratie athénienne, ils analysent les moyens les plus efficaces de se faire aimer du peuple ▶ FICHE 21.

**Mot clé**

Tirant leur nom du mot grec *sophia* (sagesse), les **sophistes** constituaient une élite intellectuelle, experte dans l'art oratoire.

### 2 La puissance du discours selon Gorgias

- Gorgias qualifie la rhétorique de **« puissance de persuasion »** et compare le discours à un « tyran ». Au moyen des mots, on peut « droguer l'âme » et « l'ensorceler » pour défendre n'importe quelle cause.

- Ce brillant orateur le prouve dans son *Éloge d'Hélène*, un **exercice de style** où il offre à cette femme réputée infidèle la plaidoirie à laquelle elle n'a jamais eu droit. Est-ce le destin ou les dieux qui voulurent faire d'elle l'élément déclencheur de la guerre de Troie ? Ou bien fut-elle enlevée de force par Pâris ? Peut-être aussi fut-elle manipulée par cet habile séducteur… Mais dans tous les cas, ce n'est pas elle qu'il faudrait accuser !

- Cet éloge est surtout celui du **discours**, dont la puissance de séduction est établie, une première fois, par le charme que Pâris exerça sur Hélène, puis une seconde fois par l'efficacité de la plaidoirie de Gorgias.

**Citation**

« Le discours est un tyran très puissant ; (…) car la parole peut faire cesser la peur, dissiper le chagrin, exciter la joie, accroître la pitié » (Gorgias, *Éloge d'Hélène*).

## II La parole unificatrice

### 1 Le discours fort selon Protagoras

- Protagoras dit que « l'homme est la mesure de toute chose » : chacun voit les choses selon son propre point de vue. Sur un même fait, on peut toujours construire **au moins deux versions opposées**, comme il le démontre dans ses *Antilogies* (du grec *anti*, « contre » et *logos*, « discours »).
- Il prend l'exemple d'un accident survenu au concours de javelot : du point de vue du médecin, c'est le javelot qui a causé la mort de la victime. Selon le juge, il faut enquêter sur le lanceur. Et pour le responsable politique, ce sont les organisateurs des jeux qui sont responsables. Ces perspectives sont **différentes mais également légitimes**.
- Ce n'est que grâce au langage qu'on peut **s'accorder sur une vision commune** et éviter la violence. C'est pourquoi l'art oratoire est profitable non seulement à qui le maîtrise et peut ainsi faire valoir son propre point de vue, mais aussi à toute la société.

**Mot clé**

Protagoras appelle « **discours fort** » celui par lequel on réussit à persuader les autres de partager notre propre point de vue.

### 2 L'éloge du *logos* chez Isocrate

- Souvent critique à l'égard des sophistes, l'orateur Isocrate voit dans le discours davantage qu'un puissant moyen de séduction. Il insiste sur la **valeur civilisatrice** du *logos* (« raison », « discours »), dont il fait l'éloge.
- « Presque tout ce que nous avons inventé, dit Isocrate, c'est le *logos* qui a permis de le réaliser » : c'est en effet **par la parole** que nous construisons des Cités, en discutant avec les autres et en délibérant avec nous-mêmes. La parole nous réunit « pour bâtir des villes, fixer des lois, découvrir des arts » (*Sur l'échange*).

### L'ESSENTIEL

| | |
|---|---|
| Gorgias (480-375 av. J.-C.) | ▸ On peut plaider n'importe quelle cause.<br>▸ Le discours ensorcelle l'âme. |
| Protagoras (490-411 av. J.-C.) | ▸ Il y a toujours au moins deux discours possibles sur la même chose.<br>▸ Le « discours fort » est celui qui persuade. |
| Isocrate (436-338 av. J.-C.) | ▸ Le *logos* guide nos actions et nos pensées.<br>▸ Le discours nous réunit et nous civilise. |

# ŒUVRE CLÉ • Platon, *Gorgias*

21

☐ OK

**Le *Gorgias* est un dialogue rédigé par Platon vers 385 av. J.-C. Il porte sur « la rhétorique » mais ouvre aussi un débat sur le genre de vie qu'on doit mener. Si la parole est une arme, il importe en effet de savoir au service de quoi il faut la mettre.**

## I Rhétorique et dialectique

### 1 L'ouverture du dialogue

- Platon met en scène son maître Socrate, qui lui sert de porte-parole dans une discussion avec Gorgias ▶ FICHE 20. L'échange se poursuit avec Polos, un jeune disciple du célèbre sophiste, et Calliclès, chez qui la réunion a lieu devant un public averti.
- Gorgias vient d'achever sa conférence lorsque Socrate arrive à l'improviste pour le questionner sur l'art qu'il pratique et qu'il enseigne avec tant de succès : « Sur quoi porte la rhétorique ? Quel est son objet ? »

### 2 La méthode dialectique

- Gorgias se lance dans un éloge de la rhétorique comme « art de persuader » : c'est une « arme » permettant de séduire par la parole et d'acquérir le statut de « sage » (*sophistos* en grec) aux yeux des autres.
- Socrate, qui préfère des interventions plus brèves, donne un autre tour au dialogue en imposant la méthode dialectique. Cette méthode est propre au philosophe, qui ne prétend pas posséder la vérité mais la rechercher (de *philein*, « aimer », et *sophia*, « sagesse »).

> **Mot clé**
> La **dialectique** consiste en un échange de questions et de réponses dans lequel les interlocuteurs mettent réciproquement à l'épreuve leurs opinions.

## II Une critique des sophistes

### 1 Les séductions de la parole

- Dans ce livre, Platon polémique contre les sophistes, dont l'influence a selon lui livré Athènes à des démagogues sans scrupules et provoqué la condamnation à mort de Socrate en 399 av. J.-C.

> **Mot clé**
> La **démagogie** est l'art de séduire le peuple en lui disant ce qu'il a envie d'entendre, en exploitant ses espoirs et ses craintes.

● Pour le **philosophe**, la parole est d'abord **un moyen de discerner** ce qui est vrai ou faux, juste ou injuste, afin de prendre de bonnes décisions.

● Pour le **sophiste**, elle permet surtout de **faire paraître** telle chose comme bonne ou mauvaise, afin de faire valoir son point de vue dans une assemblée ou un tribunal. Polos l'affirme : celui qui sait s'adresser à la foule peut obtenir ce qu'il veut, à l'égal d'un « tyran » qui s'imposerait non par la violence, mais par la séduction.

## 2 Les dangers de la rhétorique

● Recourant à une analogie, Socrate oppose la diététique, qui a en vue la santé, à la cuisine qui ne produit que le plaisir. De même, la gymnastique entretient la beauté du corps, tandis que l'esthétique dissimule ses défauts sous le maquillage. Il y a d'un côté l'**« art »** procurant des biens véritables, et de l'autre la **« flatterie »** qui n'en produit qu'une apparence séduisante mais trompeuse.

● La rhétorique et la sophistique sont des « contrefaçons » plus dangereuses car elles concernent l'esprit : l'orateur ne veut pas connaître ce qui est juste en réalité, mais seulement **donner une apparence de justice** à la cause judiciaire ou politique qu'il ne défend que pour de l'argent.

## 3 Un choix de vie

● Si l'on peut user de la parole à des fins de séduction, on peut aussi en user à des fins d'éducation. Tout dépend du genre de vie qu'on choisit : selon Platon, c'est la **vérité** qui doit nous guider, pas le plaisir.

● Calliclès, qui a le mérite de la franchise, affirme sur un ton provocateur que le sens de la vie est d'être fort pour dominer les faibles. Dans un poignant monologue, Socrate clôt l'entretien en défendant au contraire son choix d'une vie philosophique, animée par **l'amour de la justice**.

### L'ESSENTIEL

**L'art de la parole selon Platon**

**Socrate**
- discerner le vrai du faux (dialectique)
- procurer des biens véritables (justice, politique)
- rechercher la vérité

**Gorgias, Polos, Calliclès**
- persuader (art oratoire)
- donner l'apparence du bien (rhétorique, sophistique)
- dominer les faibles

# Quiz EXPRESS 22

Avez-vous bien révisé les fiches 16 à 21 ? On vérifie !

## Les séductions de la parole

### 1 Les effets de la parole poétique

▶ FICHE 16

**Associez à chaque œuvre l'émotion qu'elle cherche à produire.**

a. Ovide, *Tristes* •
b. Virgile, *Énéide* •
c. Charles d'Orléans, *Ballades* •
d. Agrippa d'Aubigné, *Les Tragiques* •

• e. la mélancolie de l'âme
• f. l'admiration pour un héros
• g. l'indignation pour les horreurs de la guerre
• h. la souffrance de l'exil

### 2 Les charmes de la parole

▶ FICHES 17 & 18

| Vrai ou faux ? | Vrai | Faux |
|---|---|---|
| a. Les mythes sont fondateurs d'une civilisation. | ☐ | ☐ |
| b. Shéhérazade meurt à cause de ses contes. | ☐ | ☐ |
| c. L'élégie chante le bonheur d'un amour accompli. | ☐ | ☐ |

### 3 Les dangers de la parole

▶ FICHES 19 À 21

**1. Parmi ces personnages de Molière, lequel ou lesquels sont de grands manipulateurs ?**

☐ a. Monsieur Jourdain ☐ b. Tartuffe ☐ c. Dom Juan

**2. Pourquoi Socrate tient-il le discours suivant à Gorgias ?**

> « Veux-tu savoir quel type d'homme je suis ? Eh bien, je suis quelqu'un qui est content d'être réfuté quand ce que je dis est faux, quelqu'un qui a aussi plaisir à réfuter quand ce qu'on me dit n'est pas vrai, mais auquel il ne plaît pas moins d'être réfuté que de réfuter ».
>
> Platon, *Gorgias* (IVe s. av. J.-C.)

☐ a. Il s'apprête à réfuter Gorgias.
☐ b. Il pense que Gorgias va le réfuter.
☐ c. Il pense que l'important est la vérité.

## CORRIGÉS

### 1 Les effets de la parole poétique

a. **Réponse h**. Ovide exprime son désespoir d'être exilé loin de Rome.

b. **Réponse f**. Énée triomphe de nombreux obstacles, sauvant par exemple son père Anchise des ruines de Troie.

c. **Réponse e.** Nombre de ballades de Charles d'Orléans sont empreintes des nuances variées de la mélancolie humaine.

d. **Réponse g.** *Les Tragiques* représentent de manière crue les affres des persécutions religieuses, comme le massacre de la Saint-Barthélemy (1572).

### 2 Les charmes de la parole

a. **Vrai.** Les mythes, transmis oralement de génération en génération, sont le ciment d'une culture civilisationnelle commune.

b. **Faux.** Dans *Les Mille et une nuits*, c'est grâce aux histoires qu'elle raconte que Shéhérazade parvient à survivre nuit après nuit.

c. **Faux.** L'élégie chante le malheur lié à la perte, au deuil, à la solitude.

**À noter**

Parmi les contes traduits par Antoine Galland se trouvent par exemple celui d'Aladdin et la lampe magique, et celui d'Ali Baba et les quarante voleurs.

### 3 Les dangers de la parole

1. **Réponses b et c.** Tartuffe est un faux dévot, Dom Juan un séducteur invétéré.

2. **Réponses a et c.** Socrate prend ses précautions afin de ne pas froisser Gorgias en le réfutant. En effet, celui-ci cherche toujours à prendre le dessus dans un débat, même si c'est au mépris de la vérité. Socrate estime au contraire que le sens d'une discussion est de chercher la vérité ensemble, et non de paraître avoir raison à tout prix. Deux types d'hommes sont implicitement opposés : le sophiste et le philosophe.

# FLASHCARDS

Mémorisez les idées clés des fiches 16 à 21.

23

## Les séductions de la parole

**1**

Donnez trois caractéristiques de la parole poétique qui contribuent à son charme.

▶ FICHE 16

**2**

Qu'est-ce que l'argumentation indirecte ?

▶ FICHE 17

**3**

Citez des œuvres qui utilisent la fiction pour critiquer la société.

▶ FICHE 17

**4**

Définissez le registre lyrique en poésie.

▶ FICHE 18

**5**

Citez des personnages littéraires célèbres pour leur ruse.

▶ FICHE 19

**6**

Qui étaient les « sophistes » dans l'Athènes du v^e^ siècle avant J.-C. ?

▶ FICHE 20

**7**

Que signifie la formule de Protagoras : « l'homme est la mesure de toute chose » ?

▶ FICHE 20

**8**

Qu'est-ce que la méthode « dialectique » ?

▶ FICHE 21

## RÉPONSES

**Efforcez-vous de répondre aux questions par vous-même avant de consulter les réponses, puis révisez régulièrement pour bien mémoriser.**

### 2

**Argumentation indirecte** : stratégie argumentative qui repose sur le détour de la fiction pour transmettre des idées.

### 1

Caractéristiques de la **parole poétique** :
- le recours à des images
- la musicalité de la langue
- la capacité à susciter des émotions

### 4

**Registre lyrique** : expression intense des sentiments personnels, très appropriée à l'expression amoureuse en poésie.

### 3

Œuvres qui utilisent la fiction pour **critiquer la société** :
- *États et Empires de la Lune* (Cyrano de Bergerac)
- *Lettres persanes* (Montesquieu)
- *Candide* (Voltaire)…

### 6

**Sophistes** : spécialistes de l'art oratoire. Ils exerçaient des activités d'avocats ou de conseillers en communication, et vendaient très cher leurs leçons aux jeunes Athéniens qui se destinaient à une carrière politique.

### 5

Personnages célèbres pour leur **ruse** :
- Ulysse (*Odyssée*, Homère)
- Renart (*Le Roman de Renart*)
- Iago (*Othello*, Shakespeare)
- Dorante (*Le Menteur*, Corneille)
- Isabelle (*L'École des maris*, Molière)

### 8

**Méthode « dialectique »** : méthode employée par Platon dans ses dialogues. Par un échange de questions et de réponses, deux interlocuteurs confrontent leurs points de vue afin de chercher ensemble la vérité.

### 7

Comme tous les sophistes, Protagoras est **relativiste** : rien n'est absolument parlant vrai ou faux, mais tout dépend du point de vue. Le « discours fort » est celui par lequel on réussit à faire partager son point de vue.

# Comment la modernité a-t-elle changé la vision du monde ?

24

☐ OK

**La pensée moderne renouvelle profondément la conception de la nature et de l'univers, bousculant toutes les représentations que s'en faisaient les Anciens et se heurtant souvent aux résistances de l'Église.**

## I Du monde clos à l'univers infini

### 1 Le système de Ptolémée

- Les Anciens avaient compris que la Terre était ronde : Aristote donne des arguments en ce sens dans son *Traité du Ciel* (IVe siècle av. J.-C.), de même que Strabon dans sa *Géographie* (Ier siècle).

> **À noter**
> Le Grec Ératosthène (276-194 av. J.-C.) estima très convenablement la circonférence de la Terre en l'évaluant à environ 40 000 km.

- Ils se représentaient l'univers comme clos, avec la Terre immobile en son centre. C'est sur cette base que l'astronome grec Ptolémée avait proposé dans l'*Almageste* (IIe siècle) un ingénieux système d'explication du mouvement des astres.
- Au fil des siècles, les héritiers de Ptolémée ont évidemment observé de nombreuses anomalies par rapport à ce système, et ont longtemps cherché à le corriger par petites touches.

### 2 La révolution copernicienne

- En 1543, Copernic publie une hypothèse différente sur laquelle il travaille depuis des années : la Terre est en mouvement sur elle-même et autour du Soleil (*De la Révolution des orbes célestes*). Or cette nouvelle théorie n'est compatible ni avec l'enseignement d'Aristote, qui fait alors autorité, ni avec le dogme chrétien.
- L'Église désapprouve aussi de nouvelles doctrines professant que l'univers est infini, car seul Dieu est infini. Le philosophe Giordano Bruno est brûlé vif en 1600 à Rome pour avoir soutenu une telle thèse (*De l'Infini, de l'univers et des mondes*, 1584).
- Muni de la lunette astronomique qu'il a mise au point, Galilée fait dès 1610 des observations qui confirment l'hypothèse de Copernic (*Le Messager des étoiles*). Il est forcé d'abjurer en 1633 et placé en résidence surveillée pour avoir eu l'imprudence de donner trop de publicité à ses travaux.

## II La mathématisation de la physique

### 1 La théorie du mouvement chez Aristote

- Aristote soutient que « la nature ne fait rien en vain » : tout corps occupe un lieu qui lui est naturel, ou bien tend à le rejoindre, contribuant ainsi à un **monde ordonné** (*kosmos*).
- Dans sa *Physique*, il distingue donc le **« mouvement naturel »** et le **« mouvement violent »** : la pierre, par exemple, est un corps grave dont la tendance naturelle est d'aller vers le bas, tandis que le feu, qui est léger, va vers le haut. Imprimer à ces corps des mouvements inverses, c'est contrarier leur nature, leur raison d'être (Aristote parle de « cause finale »).
- Le mot « mouvement » désigne **tout changement affectant un être**. Outre le déplacement, la naissance, la croissance ou la corruption sont des mouvements par lesquels un être devient ce qu'il est naturellement destiné à être (par exemple, une graine est potentiellement un bel arbre).

### 2 La révolution galiléenne

- La science nouvelle réduit la nature à de la matière inerte, et le mouvement au déplacement dans l'espace. À la suite de **mesures expérimentales** précises, Galilée montre que l'accélération des corps en chute libre est indépendante de leur masse, mais proportionnelle à leur temps de chute.

> **Citation**
> « Ce vaste livre constamment ouvert devant nos yeux (je veux dire l'univers) (...) est écrit en langue mathématique » (Galilée, *L'Essayeur*, 1623).

- Tout changement dans l'état de mouvement ou de repos d'un corps ne vient pas de ce corps lui-même mais de l'action mécanique d'un autre corps sur lui : c'est la conséquence du **principe d'inertie**, énoncé par Descartes dans ses *Principes de la philosophie* (1644).
- Cette nouvelle vision de la nature exclut les causes finales, jugées illusoires voire superstitieuses, et impose une explication **strictement mécaniste** de l'ensemble de la nature, y compris du vivant ▶ FICHE 40.

## L'ESSENTIEL

**Vision antique** → 
- univers clos, Terre immobile au centre
- nature dotée d'une finalité

**Vision moderne** → 
- univers infini, Terre en mouvement autour du Soleil
- nature purement mécanique

# Comment se faire une représentation du monde ?

25

☐ OK

**Le monde désigne la totalité de ce qui existe, de l'infiniment petit jusqu'aux espaces infinis de l'univers, en passant par la société humaine. Comment se représenter tout cela en une image globale et cohérente ?**

## I L'émergence d'une nouvelle représentation du monde

### 1 Les enjeux de la représentation

- La représentation consiste à **redoubler une chose en en forgeant une image**, qui peut être matérielle (par exemple, une peinture représentant un paysage) ou simplement mentale (se représenter quelque chose signifie alors s'en faire une idée).
- Toute représentation du monde, qu'elle soit philosophique, scientifique ou religieuse, est **une tentative de mise en ordre et d'explication** de celui-ci. Celle des Anciens se fondait sur l'idée d'une nature vivante et finalisée, où chaque chose est à sa place ou tend à la rejoindre : « la nature ne fait rien en vain », avait coutume de dire Aristote. Mais les découvertes opérées à partir de la Renaissance ouvrent la voie à un nouveau système de pensée.

### 2 Des remises en question multiples

- C'est d'abord dans **la cosmologie et les sciences physiques** que se construit une nouvelle image du monde ▶ FICHE 24. Récusant la distinction d'Aristote entre monde céleste et monde terrestre, Descartes préfère opposer la matière (ou chose étendue) et l'esprit (ou chose pensante).
- Un renouvellement des **idées politiques et religieuses** s'impose également, ouvrant un temps de crise allant de la Réforme protestante à la revendication, chez les philosophes des Lumières, de la pensée autonome et de la diffusion du savoir. Les idées libérales progressent à la faveur d'une laïcisation de la société ; la tolérance est prônée par Bayle (*De la tolérance*, 1686), Locke (*Lettre sur la tolérance*, 1686) ou Voltaire (*Traité sur la tolérance*, 1763).

**Œuvre clé**

Dans le ***Discours de la méthode*** (1637), œuvre fondatrice de la modernité, Descartes s'inspire du modèle mathématique pour reconstruire l'ensemble des sciences sur de nouvelles bases.

## II Un effort de rationalisation

### 1 Le désenchantement du monde

- Max Weber présente la modernité comme un « désenchantement du monde » : les **croyances** religieuses et magiques reculent au profit de la rationalité scientifique (*Le Savant et le politique*, 1917).

- La **peinture** passe de la représentation du sacré à celle d'un espace naturel, fondée sur la perspective et le respect des proportions ▶ FICHE 34.

- L'influence des mathématiques se marque aussi dans la **cartographie**. Jusqu'à la Renaissance, les navigateurs utilisaient des « portulans », feuilles de route indiquant les ports, les vents et les dangers à éviter. Un changement majeur apparaît en 1569, lorsque Mercator met au point une **méthode mathématique** à la base des planisphères modernes, consistant à projeter une sphère sur un cylindre.

### 2 Un monde de part en part rationnel

- La pensée philosophique est pénétrée de ce rationalisme. Spinoza compose ainsi une *Éthique* inspirée du modèle des *Éléments* d'Euclide, et « ordonnée selon l'ordre géométrique » (1677) : le monde entier, y compris ce qu'il y a de plus proprement humain, semble devoir **se plier aux exigences de la démonstration rationnelle**.

- Posant que rien n'existe sans avoir une « raison suffisante » pour exister (*Monadologie*, 1714), la métaphysique de Leibniz affirme que Dieu lui-même s'adonne à une sorte de calcul pour déterminer un optimum et faire exister le plus parfait des mondes possibles.

> **Mot clé**
>
> La **métaphysique** est la discipline philosophique qui va « au-delà » de la physique et s'interroge sur le sens profond des choses.

## L'ESSENTIEL

**La modernité**

**Un monde riche et varié**
- découvertes scientifiques
- exploration du monde
- diversité des cultures

**Une nouvelle représentation du monde**
- recul des croyances
- exercice personnel de la raison
- influence des mathématiques

# Comment les Grandes Découvertes transforment-elles la littérature ?

26

☐ OK

**La Renaissance est un âge de grandes découvertes : les écrivains s'emparent des interrogations engendrées par les nouveaux horizons ouverts par les explorateurs.**

## I De nouveaux horizons littéraires

### 1 L'attrait pour le voyage

- Dès l'Antiquité, le voyage au long cours constitue un motif important en littérature : en témoignent le périple des Argonautes à la conquête de la Toison d'or, ou bien celui d'Ulysse dans l'*Odyssée*.

- Cet attrait pour les grands voyages se renouvelle durant la Renaissance. Le « Nouveau Monde » sidère les écrivains comme Montaigne : « Notre monde vient d'en trouver un autre – et qui nous répond si c'est le dernier de ses frères ? »

- Les trajets eux-mêmes fascinent : leurs péripéties captivantes rappellent les récits d'aventure. Dans son *Histoire d'un voyage fait en la terre du Brésil*, Jean de Léry raconte ainsi l'épreuve terrible d'une tempête en plein océan.

> **À noter**
> Christophe Colomb, navigateur italien financé par la couronne espagnole, découvre les Antilles par hasard en 1492, en cherchant une route occidentale vers les Indes.

### 2 Une diversification des formes littéraires

- Les caractères mobiles d'imprimerie, inventés par Gutenberg au XVe siècle, facilitent la diffusion des récits de voyage : journaux de bord (Colomb, Magellan) et récits (Thevet, Léry) se multiplient.

- La fiction reflète aussi cette curiosité pour l'ailleurs : le *Quart Livre* de Rabelais (1552) met en scène la navigation pittoresque et fantaisiste de Pantagruel d'île en île, à la recherche de l'oracle de la Dive Bouteille.

- L'ouverture des horizons entre en écho avec les préoccupations humanistes : il s'agit de réfléchir à ce qui constitue la nature humaine. Montaigne inaugure avec ses *Essais* une veine réflexive et méditative féconde à propos de la civilisation et de la barbarie ▶ FICHE 27.

- Au XVIIIe siècle, la découverte des cultures du Nouveau Monde nourrit toujours la réflexion des Lumières, dans la fiction (les contes philosophiques de Voltaire, le *Supplément au Voyage de Bougainville* de Diderot) comme en dehors (divers articles de l'*Encyclopédie*).

## II Une nouvelle réalité à décrire

### 1 Les points de vue variés des explorateurs

- Christophe Colomb adopte un **point de vue d'ordre économique**. Il promet aux rois d'Espagne une colonisation qui rapportera des « profits très substantiels », quitte à exploiter les populations autochtones.
- D'autres explorateurs mettent l'accent sur ce qui fascine et heurte : dans ses *Singularités de la France antarctique*, André Thevet décrit des faits propres à **choquer le lectorat européen**, comme la nudité ou le cannibalisme.
- À l'inverse, Jean de Léry séjourne plusieurs mois parmi les Tupinambas au Brésil et découvre leurs mœurs. **Dénué de préjugés**, il décrit la beauté de ce territoire et de ce peuple.

> **À noter**
> Par ses efforts de compréhension bienveillante, Jean de Léry peut être considéré comme l'un des précurseurs de l'ethnologie moderne.

### 2 Un souci d'authenticité

Explorateurs et écrivains cherchent à rendre compte avec exactitude des terres et des peuples nouveaux.

- Montaigne, intrigué par les peuples des Amériques, souligne l'importance d'une **connaissance directe** de leurs modes de vie. Dans le chapitre « Des cannibales » de ses *Essais*, il raconte sa propre rencontre avec des Amérindiens à Rouen.
- Soucieux de partager ces découvertes en s'appuyant sur une diffusion à grande échelle, Théodore de Bry multiplie les gravures. Cette entreprise de **vulgarisation des connaissances** sera poursuivie par le projet de l'*Encyclopédie* mené par Diderot au XVIII^e^ siècle – l'article « Amérique » y liste les infinies ressources de ce continent.

### L'ESSENTIEL

**La découverte du Nouveau Monde**

| Objet de fascination | Source de réflexion |
| --- | --- |
| des aventures palpitantes | des regards variés |
| des mondes nouveaux | un désir d'objectivité |
| la curiosité pour l'inconnu | une soif de connaissance |

# Pourquoi et comment représenter d'autres cultures en littérature ?

27

☐ OK

**La découverte de contrées inexplorées fortifie une veine féconde en littérature : la confrontation à l'autre, et les réflexions existentielles et morales qu'elle charrie.**

## I L'humanité à l'épreuve du choc des cultures

### 1 Le statut de l'autre

Entre mépris et idéalisation, l'altérité fait l'objet de regards variables.

- Au milieu du XVIe siècle, la controverse théologique de Valladolid voit s'affronter deux visions opposées quant à **l'infériorité supposée** des Amérindiens en tant qu'êtres humains. Le prêtre Las Casas prend leur défense dans sa *Très Brève Relation de la destruction des Indes*.
- Le mythe du « bon sauvage » se développe : un être humain à la vie simple, que la civilisation n'aurait pas dénaturé. Montaigne rend hommage aux multiples vertus des Amérindiens : « hardiesse et courage, [...] fermeté, constance, résolution contre les douleurs et la faim et la mort ».

**À noter**

Rousseau perpétue ce mythe dans son *Discours sur l'origine et les fondements de l'inégalité parmi les hommes* (1755), en faisant l'éloge d'un « état de nature » originel et pur.

### 2 La dénonciation de la barbarie européenne

- Dans ses *Essais*, Montaigne dénonce la posture des colons, dont le désir de domination des peuples autochtones empêche toute rencontre authentique. La **diversité infinie** des pratiques et des mœurs est pour lui une riche matière à réflexion : « Il y a une merveilleuse distance entre leur forme et la nôtre. »
- L'idéalisation du « bon sauvage » souligne **les travers des Européens**, en les invitant à redéfinir leurs valeurs et leurs croyances. Dans son *Supplément au Voyage de Bougainville* (1772), Diderot donne la parole à un vieux Tahitien qui fustige les vices apportés par les colons français.
- La plus grande violence semble finalement bien être celle des *conquistadores* espagnols qui ont **exterminé les peuples précolombiens** pour imposer leur pouvoir et leurs valeurs, comme le rappelle Marmontel dans *Les Incas, ou la destruction de l'Empire du Pérou* (1777).

## II L'autre comme moyen de réfléchir sur soi

### 1 Une invitation à la tolérance

- Les auteurs humanistes **luttent contre les préjugés**, contre les jugements hâtifs et l'intolérance. La littérature prône souvent l'acceptation d'une **humanité plurielle**, en combattant l'ethnocentrisme ▶ FICHE 28.

- Montaigne promeut le **relativisme** : « Chacun appelle barbarie ce qui n'est pas de son usage ». L'essayiste s'interroge : le cannibalisme, rituel cruel mais symbolique, n'est-il pas moins barbare que les massacres perpétrés en Europe pendant les guerres de Religion ?

- Les penseurs humanistes, puis ceux des Lumières, **renversent ainsi l'accusation de sauvagerie** contre les Occidentaux eux-mêmes. L'exploration de contrées inconnues par un personnage fictif permet une perception critique plus juste des réalités du monde : chez Voltaire, le naïf Candide découvre avec désarroi la tragédie de l'esclavage au Suriname.

### 2 La possibilité du décentrement

Certains auteurs mettent en œuvre des dispositifs qui provoquent un décentrement du regard.

- Dans les *Lettres persanes*, Montesquieu montre la perplexité d'un Persan face à « l'extravagance » des Parisiens et des Parisiennes – qui le lui rendent bien : « Comment peut-on être Persan ? » La permutation des points de vue permet au lecteur du XVIIIe siècle de mesurer **sa propre étrangeté**.

- La rencontre entre peuples européens et autochtones produit un **étonnement réciproque**. L'Autre peut devenir le véhicule d'une critique de la civilisation européenne : dans *L'Ingénu*, Voltaire imagine l'étonnement d'un Huron découvrant la société française ▶ FICHE 29.

### L'ESSENTIEL

**La rencontre d'autres cultures**

**Des interrogations sur l'altérité**
- une humanité universelle
- le mythe du « bon sauvage »
- une réflexion sur la véritable barbarie

**Une réflexion sur soi-même**
- le relativisme contre l'ethnocentrisme
- une remise en question des sociétés européennes
- le décentrement du regard

# Faut-il fonder les normes culturelles sur la nature ?

28

☐ OK

**Les normes sont des règles (coutumes, usages, droit, croyances…) admises et apprises au sein d'une culture. Mais ne devraient-elles pas être inspirées de la nature ?**

## I La relativisation des normes culturelles

### 1 L'ethnocentrisme

- Dans toute culture, les normes sont des conventions, c'est-à-dire des règles décidées en commun, puis consolidées et transmises. Mais l'habitude d'y obéir depuis l'enfance, et le fait de ne pas en connaître d'autres nous les font parfois prendre pour évidentes voire naturelles. Cette tendance à l'ethnocentrisme existe dans toutes les cultures.

**Mot clé**

L'anthropologue Claude Lévi-Strauss (1908-2009) appelle **« ethnocentrisme »** la tendance à juger les autres cultures d'après ses propres normes et, en conséquence, à les déprécier.

- Tout comme les Grecs et les Romains nommaient « barbares » tous les autres peuples qui ne parlaient pas leur langue, les Européens modernes n'ont pas d'emblée admis la diversité culturelle. Il aura fallu la Controverse de Valladolid (1550-1551) pour aboutir à la conclusion que les Indiens d'Amérique sont bien des êtres humains à part entière et non pas des « sauvages » sans lois ni moralité.

### 2 Nature et conventions

- La découverte d'autres cultures confirme que ce qui « normal », « vrai » ou « juste » ici ne l'est pas forcément ailleurs. Montaigne en tire une leçon de tolérance : puisque seul le hasard de la naissance nous fait instruire dans telle ou telle religion, rien ne justifie qu'on persécute quelqu'un au nom de ses croyances (*Essais*) ▶ FICHE 27.
- Au XVII$^{e}$ siècle, Pascal constate à son tour la relativité des normes culturelles : « Vérité au-deçà des Pyrénées, erreur au-delà » (*Pensées*, 1670). Il invite par ailleurs à distinguer les « grandeurs d'établissement » (les dignités, telles que la noblesse, établies par les hommes) et les « grandeurs naturelles » (les vertus réelles, indépendantes du statut social).

## II L'appel à la nature

### 1 Des normes trop artificielles

- Au XVIIIe siècle, la figure du bon sauvage permet aux philosophes de critiquer des normes artificielles, voire absurdes. Dans les *Dialogues de M. le baron de Lahontan et d'un sauvage dans l'Amérique* (1704), Adario raille les usages de la cour (coquetterie, civilité…) et n'entend pas se prosterner devant de « superbes fous » dont le seul mérite est d'être bien nés.
- Dans son *Supplément au voyage de Bougainville* (1772), Diderot met en scène ce qui se passe lorsque les **conventions** (les lois, la religion) prennent le pas sur la **nature**, à travers les propos du tahitien Orou :

> « Pour satisfaire le magistrat, il faudra que tu mécontentes le grand ouvrier [= Dieu], et pour te rendre agréable au grand ouvrier, il faudra que tu renonces à la nature. Et sais-tu ce qui en arrivera ? C'est que tu les mépriseras tous les trois, et que tu ne seras ni homme, ni citoyen, ni pieux, que tu ne seras rien. »

### 2 Raison et nature

- Comme l'illustre aussi l'*Ingénu* (1767) de Voltaire ▶ FICHE 29, cette nature invoquée par les philosophes est surtout **la voix de la raison**. Elle introduit un principe de modération et sert à juger les conventions.
- Rousseau fait usage du concept d'état de nature dans le *Discours sur l'origine de l'inégalité* (1755) : en retrouvant « l'homme de la nature » derrière « l'homme de l'homme », il veut dégager des principes de justice universels qui pourraient fonder un « droit naturel raisonné ».

> **Mot clé**
> L'**état de nature** désigne la situation des hommes avant l'établissement des lois. Il n'a jamais existé, mais la fiction permet ici une réflexion critique sur la civilisation.

- Cette démarche inspire la *Déclaration des droits de l'homme et du citoyen* (1789), où les révolutionnaires français ont voulu exposer « les droits naturels, inaliénables et sacrés de l'homme ».

### L'ESSENTIEL

| Nature | Conventions |
|---|---|
| authenticité et équilibre | mensonge et excès |
| raison et justice | préjugés et arbitraire |
| source d'inspiration | source de corruption |

# ŒUVRE CLÉ • Voltaire, *L'Ingénu*

29

☐ OK

**L'Ingénu paraît en 1767 sous un faux nom d'auteur qui ne trompe personne : qui d'autre que Voltaire pouvait faire une satire si enlevée de la société française et donner une telle leçon de tolérance ?**

## I Une œuvre engagée

### 1 Un succès de librairie

- *L'Ingénu* entre dans le genre du conte philosophique qui a déjà assuré de grands succès à Voltaire (notamment *Candide*). Il séduit aussi grâce à un thème à la mode (le sauvage) et à des accents sentimentaux (l'histoire d'amour avec Mlle de Saint-Yves).

**Mot clé**

Un **conte philosophique** use des ressorts de la littérature et du merveilleux pour conduire le lecteur à réfléchir.

- **Interdit de publication**, l'ouvrage dénonce la brutalité des puissants (M. de Louvois, M. de Saint-Pouange) et l'hypocrisie de l'Église (le père Tout-à-tous, le père de la Chaise).

### 2 Une leçon de tolérance et de justice

- Le récit est situé dans les années suivant la **révocation de l'Édit de Nantes** (1685) qui accordait la liberté religieuse aux protestants. C'est une manière de pointer une actualité plus récente : les condamnations injustes des protestants Calas (1761) et Sirven (1762), pour lesquels Voltaire prit parti, ou l'exécution du chevalier de la Barre pour blasphème (1766).
- De même, l'Ingénu est mis en prison car sa franchise lui fait tenir des propos jugés hostiles à la religion. Voltaire dénonce **l'intolérance religieuse** et les arrestations arbitraires ordonnées par des « lettres de cachet ».

**Citation**

« Il n'y a donc point de lois dans ce pays ! On condamne les hommes sans les entendre ! », déplore l'Ingénu.

## II Un parcours révélateur et initiatique

### 1 Le choc des cultures

- Débarqué en Bretagne, l'Ingénu est un Huron **curieux de découvrir le monde**. Mais ses interlocuteurs sont, sinon malveillants comme le Bailli, au moins un peu bornés à l'image du Prieur et de Mlle de Kerkabon, qui s'offrent pourtant pour être ses nouveaux parents.

Cette nouvelle famille trahit vite ses **préjugés** lors d'une discussion sur la diversité des langues où le français est tenu pour la langue originelle (à moins que ce ne soit le bas-breton !). Évidemment, on décide de baptiser le Huron sans lui demander son avis.

L'Ingénu se montre ouvert aux mœurs européennes malgré ses motifs de perplexité : pourquoi, par exemple, n'a-t-il pas le droit d'épouser celle qu'il aime ? Ses aventures servent de prétexte pour **critiquer les tares de la société** de l'époque.

> **À noter**
> Par définition étranger à la civilisation, le « sauvage » est un personnage type dont le regard neuf et distancié contient un fort potentiel critique et comique.

## 2 Une éducation réciproque

Les manières du Huron sont au départ un peu brutales, comme en témoignent sa valeur au combat et ses assauts auprès de sa bien-aimée. Mais il rend les personnes qu'il côtoie **plus lucides**.

> **Citation**
> « N'ayant rien appris dans son enfance, il n'avait point appris de préjugés ».

Ainsi, Mlle de Saint-Yves n'est plus à la fin du conte « cette fille simple dont une éducation provinciale avait rétréci les idées ». Gordon, compagnon de cellule et prêtre janséniste, ouvre les yeux aux côtés de l'Ingénu : « je tremble d'avoir laborieusement fortifié des préjugés ; il n'écoute que la simple nature ».

Armé de cette raison naturelle, le Huron devient **plus raffiné et plus instruit** au contact de la culture européenne. « J'ai été changé de brute en homme », s'avoue-t-il. Esprit vif et ouvert, désireux d'apprendre, rationnel sans être pédant, il n'est pas seulement un porte-parole pour Voltaire mais aussi une illustration de ce que doit être **l'homme des Lumières**.

## L'ESSENTIEL

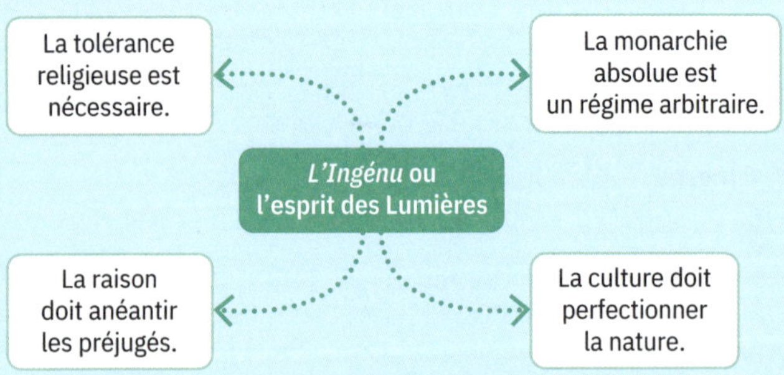

# Quiz EXPRESS

30

Avez-vous bien révisé les fiches 24 à 29 ? On vérifie !

## Découverte du monde et pluralité des cultures

### 1 Comprendre le monde

▶ FICHES 24 À 26

**1. Parmi ces récits de voyage, lesquels sont fictifs ?**

- ☐ a. l'*Odyssée*, d'Homère
- ☐ b. l'*Histoire d'un voyage fait en la terre du Brésil*, de Jean de Léry
- ☐ c. le *Quart Livre*, de François Rabelais
- ☐ d. les *Singularités de la France antarctique*, d'André Thevet

**2. Reliez chaque savant à la théorie qu'il défend.**

| | |
|---|---|
| a. Aristote • | • e. Rien n'existe sans raison suffisante pour exister. |
| b. Copernic • | • f. La nature ne fait rien en vain. |
| c. Leibniz • | • g. La Terre tourne autour du Soleil. |
| d. Galilée • | • h. La nature est écrite en langage mathématique. |

### 2 Rendre compte de la pluralité des cultures

▶ FICHES 27 À 29

| **1. Vrai ou faux ?** | **Vrai** | **Faux** |
|---|---|---|
| a. Las Casas prend la défense des Indiens d'Amérique. | ☐ | ☐ |
| b. Montaigne juge sévèrement le cannibalisme. | ☐ | ☐ |
| c. Chez Montesquieu, les Persans posent un regard étonné sur la société française. | ☐ | ☐ |

2. *L'Ingénu* de Voltaire est avant tout :

- ☐ a. le récit d'un parcours initiatique
- ☐ b. un roman sentimental
- ☐ c. une satire de la société d'Ancien régime
- ☐ d. un plaidoyer pour la tolérance

# CORRIGÉS

## 1 Comprendre le monde

**1. Réponses a et c.**

**2. a. Réponse f.** Aristote pense que la nature produit les choses de manière avisée, selon un certain ordre.

**b. Réponse g.** Copernic renverse le système géocentrique de Ptolémée en faisant l'hypothèse que la Terre est en mouvement autour du Soleil.

**c. Réponse e.** Leibniz pose le « principe de raison suffisante » : Dieu n'a rien créé sans avoir de bonnes raisons pour cela.

**À noter**

Leibniz définit Dieu comme l'être absolument parfait : celui-ci n'a donc pu vouloir que le meilleur.

**d. Réponse h.** Galilée révolutionne la physique en y introduisant l'outil mathématique.

## 2 Rendre compte de la pluralité des cultures

**1. a. Vrai.** Bartolomé de las Casas, l'un des protagonistes de la controverse de Valladolid, démontre que les Amérindiens sont des êtres humains comme les autres.

**b. Faux.** Montaigne relativise la pratique du cannibalisme, en la remettant dans son contexte.

**c. Vrai.** Les Persans s'étonnent notamment des pratiques sociales saugrenues des Parisiens, ainsi que du régime politique français.

**2. Réponse d.** *L'Ingénu* est tout cela à la fois, mais Voltaire a voulu avant tout défendre le principe de la tolérance, pour laquelle il a toujours lutté.

# Découverte du monde et pluralité des cultures

## 1

Quels sont les deux disciplines au cœur de la révolution scientifique moderne ?

▶ FICHE 24

## 2

Qu'a-t-on appelé le « désenchantement du monde » ?

▶ FICHE 25

## 3

Citez des écrivains ayant porté des regards différents sur le Nouveau Monde.

▶ FICHE 26

## 4

Qu'appelle-t-on le mythe du « bon sauvage » ?

▶ FICHE 27

## 5

Qu'est-ce que le relativisme pratiqué par Montaigne ?

▶ FICHE 27

## 6

Qu'est-ce que l'ethnocentrisme ?

▶ FICHE 28

## 7

Qu'est-ce que le « droit naturel » ?

▶ FICHE 28

## 8

Qu'est-ce qu'un conte philosophique ?

▶ FICHE 29

## RÉPONSES

**Efforcez-vous de répondre aux questions par vous-même avant de consulter les réponses, puis révisez régulièrement pour bien mémoriser.**

### 1

Les **deux disciplines** au cœur de la révolution scientifique moderne :

- la cosmologie (fin du géocentrisme, univers infini)
- la physique (explication mécaniste de la nature).

### 2

**« Désenchantement du monde »** : expression de Max Weber (1917) qui désigne un recul des croyances magico-religieuses au profit d'une vision dominée par la rationalité scientifique moderne.

### 3

Quelques **écrivains** ayant écrit sur le Nouveau Monde :

- Christophe Colomb (regard utilitariste)
- Montaigne (regard humaniste)
- Jean de Léry (regard ethnographique).

### 4

**Mythe du « bon sauvage »** : idéalisation d'un être humain resté pur et simple, à l'état de nature, n'ayant pas subi la corruption de la civilisation européenne.

### 5

**Relativisme** : doctrine selon laquelle les conceptions du monde et les valeurs morales varient selon les sociétés (pas de vérité absolue). Montaigne l'applique par exemple à la pratique du cannibalisme.

### 6

**Ethnocentrisme** : tendance plus ou moins inconsciente à prendre pour critère ses propres normes pour juger des cultures différentes.

### 7

**Droit naturel** : idée d'une justice parfaite et universelle, par opposition aux lois écrites par les hommes.

### 8

**Conte philosophique** : récit truffé d'événements extraordinaires, mais qui vise à faire réfléchir le lecteur (ex. : *L'Ingénu* de Voltaire).

# Peut-on faire l'inventaire de la nature ?

32

☐ OK

**Ce n'est pas de la nature, infiniment riche et variée, qu'on dresse l'inventaire, mais plutôt de nos connaissances sur celle-ci. Mais leur extension rapide permet-elle encore de les recenser après la révolution scientifique moderne ?**

## I Le développement rapide de la science

### 1 Le projet cartésien

- Au cœur de la révolution scientifique moderne, Descartes **échafaude le projet d'un savoir total**. Il considère la science comme un système cohérent et en expansion, tel un arbre dont les branches partent d'un même tronc : la physique (du grec *phusis*, « nature »).
- Il écrit dans les *Principes de la philosophie* (1644) : « il n'y a aucun phénomène de la nature dont l'explication ait été omise en ce traité ». L'explication par « figures et mouvements » rend compte en principe de la totalité des phénomènes naturels. Descartes prétend aussi à **l'exhaustivité dans la connaissance** de la nature humaine dans son traité d'anatomie la *Description du corps humain et de toutes ses fonctions* (1648).

### 2 Une spécialisation inéluctable

- La figure du savant universel décline toutefois au profit de celle du spécialiste, car ces progrès rapides vont dans le sens d'une **séparation des savoirs**. Ainsi, la biologie émerge comme discipline indépendante de la physique.
- Forgé par Lamarck à partir du mot grec *bios* (« vie »), le terme « biologie » désigne la **science des êtres vivants**. On en trouve les prémisses dans *Les Genres des plantes* (1737), où Linné inventorie environ 6 000 espèces végétales et 4 500 animales selon une nomenclature binominale, ou dans la monumentale *Histoire naturelle* (36 volumes, 1749-1789) de Buffon, qui prétend « former une collection bien rangée de tous les ouvrages de la Nature ».

> **Mot clé**
> La **nomenclature binominale** désigne chaque espèce par une combinaison de deux mots, le premier indiquant le genre et le second l'espèce proprement dite (ex. : « *Homo sapiens* », « *Canis lupus* »).

## II De l'inventaire à la critique

### 1 Les projets encyclopédiques

> **Mot clé**
> Du grec *kuklos* (« cercle ») et *paideia* (« connaissance », « éducation »), une **encyclopédie** offre un exposé complet de l'état des savoirs.

- Leibniz déplorait que nos connaissances soient comme « une grande boutique (...) sans ordre et sans inventaire » (*Discours touchant la méthode de la certitude et l'art d'inventer*, 1690). L'anglais Chambers tente d'y remédier dans sa *Cyclopaedia* (1728), dictionnaire universel des sciences et des arts.
- Cependant, une compilation de tous les savoirs ne peut plus être le fait d'un seul homme, mais une **entreprise collective** de plus grande envergure : au XVIII^e siècle, Diderot décrit *L'Encyclopédie* comme un « tableau général des efforts de l'esprit humain dans tous les genres et dans tous les siècles » (*Prospectus de l'Encyclopédie*, 1750) ▶ FICHE 33.

### 2 Les limites du savoir

- L'état de nos connaissances **évoluant en permanence**, toute entreprise de ce genre devient vite périmée. C'est pourquoi Diderot juge que *L'Encyclopédie* vise surtout à combattre les préjugés en réduisant l'ignorance. L'omniscience nous est impossible, mais on peut du moins « changer la façon commune de penser » (article « Encyclopédie », 1755).
- Outre que la nature est d'une richesse inépuisable, le projet d'en faire l'inventaire se heurte aussi aux **limites de la connaissance possible** ▶ FICHE 33 : notre raison ne nous permet pas de tout comprendre, et nos sens ne nous dévoilent pas le fond des choses. Aussi Kant pose-t-il comme préalable à toute description de la nature une enquête sur notre pouvoir de connaître (*Critique de la raison pure*, 1781-1787).

## L'ESSENTIEL

**La connaissance de la nature**

**XVII^e siècle**
- grands systèmes philosophiques (Descartes, Leibniz)
- savants universels
- projet d'un savoir total

**XVIII^e siècle**
- projets encyclopédiques
- spécialisation des savoirs
- réflexion sur les limites du savoir

# Quel rapport au savoir la littérature promeut-elle ?

33

☐ OK

**La redécouverte des textes antiques crée chez les humanistes de la Renaissance et leurs héritiers un rapport singulier vis-à-vis de l'ensemble des connaissances humaines. La question se pose en littérature : peut-on – et doit-on – tout savoir ?**

## I Le désir de diffuser le savoir

### 1 Une soif de connaissance

- À la Renaissance, l'idéal humaniste se caractérise notamment par un **vif appétit de savoir**, essentiel à l'épanouissement de l'être humain. Dans ses *Regrets* (1558), le poète Du Bellay écrit : « Je me ferai savant en la philosophie, / En la mathématique, et médecine aussi [...] »
- Cet engouement pour la connaissance se traduit par de **nouveaux idéaux éducatifs**. Rabelais développe ce modèle dans *Gargantua* (1534) : il s'agit d'affûter l'esprit dans tous les domaines ; la soif de savoir est à la mesure du gigantisme du personnage éponyme ▶ FICHE 13.
- Dans ses *Essais*, Montaigne met à profit son érudition afin de parvenir à une forme de **sagesse philosophique**. Celle-ci se fonde sur la parfaite connaissance des sources antiques, qui nourrissent les réflexions d'un lecteur à la tête « bien faite » plutôt que « bien pleine ».

### 2 La transmission du savoir

- Au milieu du XVe siècle, l'invention de **l'imprimerie** par Gutenberg permet la diffusion à grande échelle des livres, et donc des connaissances.
- Le désir de transmission du savoir prend forme à travers les **projets d'encyclopédie**, comme la *Margarita philosophica* (« Perle philosophique ») de l'humaniste allemand Gregor Reisch en 1503.
- Au XVIIIe siècle, l'*Encyclopédie* de Diderot et d'Alembert tente d'embrasser **l'ensemble des savoirs** de l'esprit humain, tant dans les arts que dans les sciences, ainsi que dans les différents métiers mécaniques. Il s'agit d'une entreprise éditoriale fondamentale de **l'esprit des Lumières**.

**Mot clé**

L'***Encyclopédie*** est un ouvrage monumental de plus de 70 000 articles, composé de 17 volumes de texte et de 11 volumes de planches dessinées, publiés entre 1751 et 1772.

## II L'importance de l'esprit critique

### 1 Un esprit en alerte

- La littérature n'a de cesse d'avertir sur les dangers de la superstition. Aux *Pensées sur la comète* (1694) de Pierre Bayle fera écho la lutte de Voltaire contre le fanatisme au XVIII$^{e}$ siècle.
- De même, la légende de la dent d'or, racontée par Fontenelle dans son *Histoire des oracles* (1686), permet de tourner en dérision la mystification des fausses croyances.
- Dans l'article « *Agnus Scythicus* » de l'*Encyclopédie*, Diderot cite l'exemple d'une « plante animale » dont une multitude de botanistes avaient affirmé à tort l'existence : il s'agit d'asseoir le primat de la raison.

**À noter**

Encore aujourd'hui, cet esprit des Lumières peut être mis à mal : ainsi du complotisme ou de la multiplication des *fake news*, qui défient en permanence notre esprit critique.

### 2 L'impossibilité du savoir universel

- Malgré des connaissances toujours plus étendues, l'être humain doit faire preuve d'humilité face à l'immensité de son ignorance. Ainsi, à l'issue du conte philosophique *Micromégas* de Voltaire (1753), le géant offre aux humains un livre censé leur permettre de voir « le bout des choses ». Entièrement blanches, les pages invitent à la modestie.
- En outre, la littérature avertit sur les dangers du fantasme d'un savoir absolu. Le personnage légendaire de Faust symbolise l'impasse de la quête d'une connaissance universelle.
- Dans *Tristram Shandy* de Laurence Sterne (1759), le père du protagoniste rédige une « Tristrapédie » monumentale, censée éduquer son fils en grandissant ; cependant l'entreprise échoue, la croissance de l'enfant étant bien plus rapide que l'écriture de cette vaine somme de savoirs.

## L'ESSENTIEL

**La diffusion du savoir** →
- l'appétit de savoir, vertu humaniste
- l'importance d'une tête « bien faite »
- l'idéal encyclopédique

**L'esprit critique** →
- un avertissement contre la superstition
- une invitation universelle à la raison
- une réflexion sur les limites de la connaissance

# La réalité peut-elle être représentée fidèlement par les arts ?

34

☐ OK

« Tout art est une imitation de la nature », écrit Sénèque dans ses *Épîtres* au Iᵉʳ siècle après J.-C. Cette préoccupation, qui traverse les arts, connaît un renouveau à la faveur des bouleversements littéraires et picturaux de la Renaissance.

## I La peinture à l'épreuve de la réalité

### 1 La nouveauté de la perspective

- Les peintres de la Renaissance italienne désirent figurer précisément la réalité des choses. La **perspective géométrique**, grâce à ses lignes de fuite et à son point d'horizon, bouleverse la manière de voir le monde : les proportions, plus justes, sont à la mesure de l'être humain.
- Dans son traité *De la peinture*, composé en 1435, Alberti propose de considérer l'œuvre picturale comme une **fenêtre ouverte sur la réalité** permettant la composition d'une « histoire », une organisation spatiale du sujet capable d'émouvoir le spectateur.
- **L'illusion de profondeur** permise par la perspective ouvre la voie à des représentations novatrices. *La Cité idéale*, peinture sur bois d'auteur inconnu conservée à Urbino, offre un modèle d'architecture utopique, qui fait écho aux questionnements humanistes de l'époque.

### 2 La beauté de l'imitation

- L'imitation de la réalité à travers la peinture a ses **charmes inexplicables.** Dans l'un de ses *Salons*, Diderot raconte comment il a été subjugué par une nature morte, *Le Bocal d'olives* de Chardin : « C'est la nature même ; les objets sont hors de la toile et d'une vérité à tromper les yeux. [...] On n'entend rien à cette magie. »
- L'artiste rivalise avec la création divine de la nature : l'imitation picturale, par l'intervention du peintre, devient **plus admirable que la réalité elle-même**. En utilisant l'*ekphrasis* pour décrire les œuvres de Vernet, Diderot souligne la « magique harmonie » qui lie entre eux tous les personnages et objets représentés sur ses toiles.

**Mot clé**

Le procédé de l'***ekphrasis*** consiste à décrire une œuvre d'art grâce à l'écriture, afin de permettre au lecteur de se la représenter fidèlement dans son esprit.

## II La *mimèsis* comme représentation littéraire du réel

### 1 L'imitation au cœur du théâtre

> **Mot clé**
> La ***mimèsis*** désigne l'ensemble des moyens poétiques utilisés afin de parvenir à l'imitation de la réalité à travers la littérature.

- Dès l'Antiquité, Aristote affirme dans sa *Poétique* l'importance de la *mimèsis*. Le théâtre classique s'en inspire : la tragédie est censée **représenter fidèlement les passions humaines** afin d'aboutir à la *catharsis*, la libération des spectateurs de leurs propres passions.
- Au XVIIIe siècle, dans son *Paradoxe sur le comédien*, Diderot s'interroge sur la capacité de l'acteur ou actrice dramatique à se saisir de la réalité pour émouvoir le public : le comédien parfait puise son talent dans une « **imitation profonde de la nature** ».

### 2 La poésie, reflet du réel

- « Il en est de la poésie, ainsi que de la peinture », affirme Diderot, citant le poète antique Horace (« *ut pictura poesis* ») : elle dispose donc aussi d'une **capacité de représentation** à travers les mots.
- L'écriture poétique devient un **espace ouvert sur la réalité du monde**. Agrippa d'Aubigné, dans ses *Tragiques* (1616), l'utilise afin d'attester d'une vérité historique, celle de l'horreur des persécutions des protestants pendant les guerres de Religion.
- Elle peut aussi recréer, dans l'imagination du lecteur, des **espaces méconnus**, fascinants et lointains. En 1633, Saint-Amant mobilise des métaphores spectaculaires pour décrire la beauté et la grandeur des montagnes enneigées dans le sonnet « L'Hiver des Alpes ».

## L'ESSENTIEL

**La représentation fidèle de la réalité**

**En peinture**
- l'illusion de la perspective
- le désir de montrer la nature
- l'art comme rival de la création divine

**En littérature**
- le théâtre, reflet des passions
- la poésie, image du réel
- la puissance évocatrice du langage

# Comment figurer ce qu'il y a dans l'esprit ?

35

☐ OK

**Figurer, c'est donner à voir une idée au moyen d'une image. Cette question nous place devant la difficulté des arts visuels à représenter l'esprit humain et ses préoccupations.**

## I Les paradoxes de la *mimèsis*

### 1 Une imitation choisie

- La doctrine de la *mimèsis*, admise dans les théories de l'art jusqu'au XIXe siècle, est portée par un **projet paradoxal** : représenter un idéal de beauté sur la base d'une imitation du réel.

- Le mot *mimèsis* signifie « imitation » : il faut être fidèle à la réalité en la représentant d'une façon vraisemblable. Il s'agit cependant d'une imitation sélective, par laquelle on ne représente de cette réalité que **ce qui est le plus digne d'être retenu**, en respectant les proportions et la perspective ▶ FICHE 34.

**À noter**

Cicéron raconte que le peintre Zeuxis, voulant représenter un idéal de beauté féminine, retint plusieurs modèles de jeunes filles pour s'inspirer de ce que chacune avait de plus beau (*De l'Invention oratoire*, vers 84 av. J.-C.).

### 2 L'original et la copie

- Platon doutait de la pertinence d'une telle démarche, la figure visible ne pouvant jamais être **à la hauteur de l'idée** (*La République*, IVe s. av. J.-C.) : ainsi, le cercle tracé de ma main n'est jamais aussi parfait que le cercle que je définis par l'exercice de la pensée pure.

- Mais selon Hegel, on sous-estime l'art en croyant que c'est une activité d'imitation, alors qu'il manifeste les préoccupations spirituelles de l'humanité et participe à **la prise de conscience de l'esprit par lui-même**.

## II Le peintre savant

### 1 L'expression générale

- À partir de la Renaissance, les artistes revendiquent un statut qui les distingue des producteurs ou artisans, et les apparente à des créateurs et à des intellectuels. Ainsi, Léonard de Vinci juge vers 1500 que « la peinture est une **chose mentale** » (*Traité de la peinture*).

- Ce que l'on considère ensuite comme le « grand genre » est la **peinture d'histoire**, qui figure des scènes bibliques, mythologiques ou historiques pour édifier l'esprit du spectateur et l'inviter à la méditation tout en le délectant.

- Dans cette approche très intellectuelle de la peinture, le dessin s'adresse à l'âme et la couleur n'est qu'un fard qui séduit l'œil. Ce qui importe avant tout est l'expression générale ou **convenance**, c'est-à-dire la capacité du tableau à bien exprimer son sujet.

- Pour en faciliter la lecture, on s'efforce de **codifier l'expression des idées abstraites** en leur faisant correspondre des images : ainsi, l'*Iconologie* de Cesare Ripa, livre d'emblèmes publié en 1593, rencontre un succès durable auprès des artistes et érudits.

## 2 L'expression particulière

- Les **personnages** guident aussi cette lecture par les émotions qu'ils expriment devant la scène représentée. Premier peintre du roi, Le Brun prononce en 1668 une conférence sur « l'expression particulière des passions » : il y codifie un langage corporel centré sur les **mimiques du visage** en figurant chaque émotion d'une manière spécifique.

- Le Brun réalise des planches physiognomoniques où les visages humains sont rapprochés d'animaux associés à tel ou tel trait de caractère.

Tête d'homme en relation avec le lion, Charles Le Brun, 1690.

**Mot clé**

La **physiognomonie**, en vogue jusqu'au XIX^e siècle, pose que l'apparence physique d'une personne (principalement les traits de son visage) est révélatrice de sa personnalité profonde.

## L'ESSENTIEL

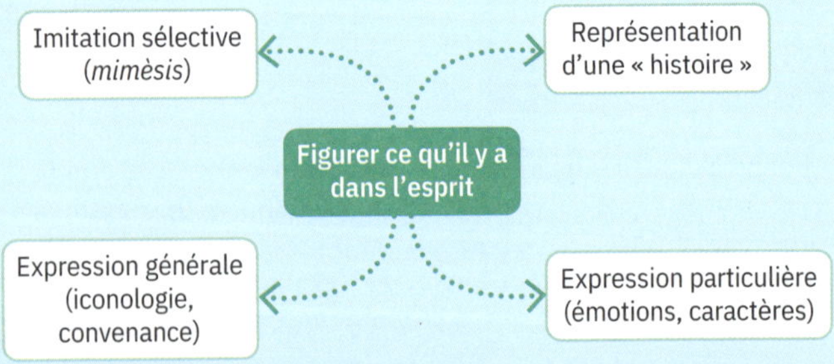

# Pourquoi inventer des mondes imaginaires ?

36

☐ OK

**Au-delà de la découverte du monde réel, l'invention d'espaces imaginaires en littérature constitue un formidable moyen d'aborder, sous un angle détourné, la question des représentations du monde.**

## I L'attrait pour des ailleurs surprenants

### 1 Le plaisir de l'exploration

- À la Renaissance, les grandes découvertes géographiques ne cessent de redéfinir les contours du monde connu ▶ FICHE 26. Ces espaces nouveaux excitent des **désirs d'exploration**, réelle ou imaginaire.
- Cyrano de Bergerac met en scène, dans ses *États et Empires de la Lune et du Soleil* (1657-1662), des voyages interplanétaires extravagants, aux paysages étonnants, peuplés de créatures hautes en couleurs. Le déplacement du personnage, préfigurant les fusées du XX^e siècle, subjugue l'esprit humain.

> **À noter**
> Les récits de Cyrano de Bergerac, mobilisant progrès scientifiques et anticipations techniques, sont considérés comme précurseurs de la science-fiction moderne.

- Dans le *Quart Livre* (1552), Rabelais invente un périple à travers un **archipel imaginaire**. Les îles fantaisistes se succèdent, telle l'île Farouche, peuplée d'Andouilles – prétexte à une réécriture burlesque de l'épisode mythologique du cheval de Troie, devenu truie contenant des cuisiniers !

### 2 Des sociétés étonnantes

- Au nom de la dignité humaine, on cherche à **élargir les horizons de la pensée**, pour mieux vivre ici-bas. Cette ambition implique de réfléchir aux contours d'une vie meilleure : la fiction peut y aider.
- Marivaux propose dans *L'Île des esclaves* (1725) une société qui **renverse les hiérarchies sociales**, pétries d'abus d'autorité : les esclaves y prennent la place des maîtres afin de leur donner une leçon éthique.
- Dans le conte philosophique de Voltaire (1759), Candide découvre la contrée éblouissante de l'Eldorado et ses moutons qui volent ; bienveillance collective et culte du savoir y sont les piliers d'une **société tolérante**, qui méprise les fausses valeurs de l'argent et de l'ambition.

## II Des expériences de pensée

### 1 Des peuples fictifs, miroirs de nos défauts

- Par la rencontre avec de nouvelles cultures dans le monde réel, l'on comprend qu'il est possible de vivre et de penser différemment ▶ FICHE 27 : l'usage de l'imagination semble alors d'autant plus légitime afin de mieux appréhender des **réalités nouvelles** qui n'en finissent pas de surprendre.

- La confrontation à des peuplades imaginaires peut permettre au lecteur de **se remettre en question**. Chez Cyrano de Bergerac, le narrateur est mené au tribunal par un peuple d'Oiseaux, qui lui reproche la cruauté de son espèce sur Terre ▶ FICHE 42.

### 2 Des mondes idéaux pour améliorer le monde réel

- La création de mondes imaginaires peut constituer un **dispositif réflexif** : l'utopie permet de souligner les failles du monde réel, tout en proposant la possibilité d'y remédier.

- Dans son *Utopie* (1516), Thomas More inaugure une tradition littéraire féconde : l'île imaginaire qu'il propose est centrée sur **l'épanouissement de chacun** dans une communauté pacifiée et ordonnée ▶ FICHE 37.

- Fénelon transfigure la région bien réelle de la Bétique (au sud de l'Espagne) dans *Les Aventures de Télémaque* (1699) : il fait de sa société un **modèle de vertu et de modération**, aux antipodes des fastes creux et illusoires de la cour de Louis XIV.

- Louis-Sébastien Mercier anticipe un futur lointain dans *L'An 2440, rêve s'il en fut jamais* (1771) : après un long sommeil, le narrateur se réveille dans un Paris où se sont enfin réalisés **les idéaux des Lumières**.

### L'ESSENTIEL

**Les mondes imaginaires**
- → un dépaysement fantaisiste
- → un miroir critique de l'humanité
- → une réflexion sur la société idéale

# ŒUVRE CLÉ • More, *L'Utopie*

37

☐ OK

**En publiant en 1516 *L'Utopie. Traité de la meilleure forme de gouvernement*, More invente un genre littéraire et philosophique promis à un grand succès.**

## I Un manifeste de l'humanisme chrétien

### 1 L'auteur

- Né en 1478, Thomas More est un brillant avocat puis responsable politique sous le règne d'Henri VIII d'Angleterre. Cet **humaniste** cultive une profonde amitié avec Érasme, sans l'insistance duquel *L'Utopie* n'aurait jamais vu le jour.

- **Catholique fervent**, More s'oppose au divorce du roi qui le fait exécuter en 1535. Il est considéré comme un martyr par l'Église, qui le canonise en 1935, mais apprécié aussi par les penseurs socialistes pour sa critique de la propriété privée.

### 2 Une fantaisie qui donne à penser

- *L'Utopie* n'a rien de la « bagatelle littéraire » annoncée par son auteur. En appelant à une **transformation sociale** comme à une **régénération morale**, cette œuvre humaniste se réclame autant de l'enseignement de Platon décrivant la cité idéale (*La République*, IVe s. av. J.-C.) que de celui du Christ, encore plus « éloigné des mœurs du monde ».

> **Mot clé**
> More forge le mot « **utopie** » à partir du grec *topos*, « lieu », et des préfixes *ou*- (préfixe négatif) et *eu*- (« bien ») : l'Utopie est ce pays parfait qui n'existe « nulle part ».

- Ce succès littéraire inaugure un nouveau genre dont le principe est de **critiquer la réalité au miroir d'une société idéale** : Rabelais s'en inspire ▶ FICHE 13, puis Campanella (*La Cité du Soleil*, 1602) ou Bacon (*La Nouvelle Atlantide*, 1624).

## II L'imagination du possible

### 1 Une réalité dystopique

- Dans la première partie, le personnage de Raphaël Hythlodée, marin et philosophe audacieux, veut tirer profit de ses voyages pour « corriger des erreurs commises dans nos villes, nos pays, nos royaumes ».

- Il dénonce **l'Angleterre de son époque** : un peuple réduit à la misère par une aristocratie oisive (« frelons nourris du labeur d'autrui ») ; un système pénal où le simple vol est passible de mort ; des princes tyranniques menant des guerres absurdes ; un clergé corrompu qui a oublié sa mission, etc.

## 2 La vie en Utopie

- La seconde partie **décrit Utopie**, une île lointaine dotée d'institutions démocratiques, où il est « interdit de faire tort à personne à cause de sa religion ». En l'absence d'argent et de propriété privée, les habitants y paraissent libérés de leur cupidité et de leur individualisme.

- Les Utopiens mènent **une vie simple et heureuse**. Ils limitent le travail à six heures quotidiennes, en alternant les tâches, et consacrent le reste de la journée au loisir et à la culture de l'esprit, conformément à l'idéal humaniste.

**Citation**

« La Constitution vise uniquement (…) à assurer à chaque personne, pour la libération et la culture de son âme, le plus de temps possible et un loisir affranchi de tout assujettissement physique ».

## 3 Une œuvre ironique et ambiguë

- Adepte de l'ironie, More relève lui-même certaines contradictions glissées dans le récit, comme pour **mettre en garde le lecteur** contre une interprétation trop naïve. Tout comme *Utopie* n'existe « nulle part », le fleuve *Anhydris* est « sans eau », le prince *Ademus* « sans peuple », et le nom *Hythlodée* évoque en grec une personne qui « raconte des histoires ».

- Le régime d'Utopie est du reste **effrayant à plusieurs égards**. On y pratique la colonisation et l'esclavage. Le moralisme ambiant évoque une vie monacale (lecture édifiante précédant le repas pris en commun, confessions des fautes en famille, sexualité encadrée, prohibition des tavernes et des jeux…) et le cadre de vie est d'une uniformité désespérante (tracé géométrique des villes, maisons et vêtements identiques…).

### L'ESSENTIEL

| Angleterre du XVI<sup></sup>e s. | Île d'Utopie |
|---|---|
| individualisme | vie communautaire |
| décadence des moeurs | régénérescence de l'humain |
| fascination pour l'argent, avidité | communauté des biens, frugalité |
| vaines conventions, malheur | conformité à la nature, bonheur |

# Quiz EXPRESS 38

Avez-vous bien révisé les fiches 32 à 37 ? On vérifie !

## Décrire, figurer, imaginer

### 1 Décrire

▶ FICHES 32 & 33

**Quels sont les objectifs de l'*Encyclopédie* de Diderot ?**

- ☐ a. mettre le savoir à la disposition d'une élite
- ☐ b. rassembler l'intégralité des connaissances humaines
- ☐ c. faire évoluer les mentalités

### 2 Figurer

▶ FICHES 34 & 35

**1. Associez chaque terme à sa définition.**

| | |
|---|---|
| a. *catharsis* • | • d. description littéraire d'une œuvre d'art |
| b. *mimèsis* • | • e. purification des passions |
| c. *ekphrasis* • | • f. imitation vraisemblable du réel |

| **2. Vrai ou faux ?** | Vrai | Faux |
|---|---|---|
| a. Un tableau classique se juge à la beauté de ses couleurs. | ☐ | ☐ |
| b. L'expression particulière désigne l'originalité d'un tableau. | ☐ | ☐ |
| c. L'iconologie met en rapport les images et les idées. | ☐ | ☐ |

### 3 Imaginer

▶ FICHES 36 & 37

**Pourquoi More conclut-il ainsi *l'Utopie* ?**

> « Il y a dans la république utopienne bien des choses que je souhaiterais voir dans nos cités. Je le souhaite, plutôt que je ne l'espère. »

- ☐ a. Parce que *l'Utopie* n'est qu'une fantaisie littéraire.
- ☐ b. Parce que la république utopienne a elle-même ses défauts.
- ☐ c. Parce que les hommes sont incapables de vivre en Utopie.

## CORRIGÉS

### 1 Décrire

**Réponses b et c.** Diderot voit *l'Encyclopédie* comme une compilation de tous les savoirs disponibles, afin de les diffuser au plus grand nombre, mais surtout comme une machine de guerre pour combattre les préjugés et faire évoluer les mentalités.

### 2 Figurer

1. a. **Réponse e.**

b. **Réponse f.**

c. **Réponse d.**

**Citation**

Exemple d'ekphrasis : « Ô les belles, les sublimes ruines ! quelle fermeté, et en même temps quelle légèreté, sûreté, facilité de pinceau ! quel effet ! quelle grandeur ! quelle noblesse ! » (Diderot, *Salon de 1767*)

2. a. **Faux.** La couleur est secondaire : il faut avant tout un bon dessin capable de raconter la scène au spectateur.

b. **Faux.** Elle désigne la manière dont le peintre a su rendre les émotions des personnages.

c. **Vrai.** Elle codifie les images, emblèmes, symboles qui expriment des idées abstraites dans le tableau.

### 3 Imaginer

**Réponse c.** L'Utopie est une société parfaite donc souhaitable, mais l'espérer est vain à cause de la corruption profonde des hommes.

Mémorisez les idées clés des fiches 32 à 37.

# Décrire, figurer, imaginer

## 1

Qu'est-ce qu'une encyclopédie ?

FICHE 32

## 2

Citez trois caractéristiques de l'humanisme en lien avec le savoir et l'éducation.

FICHE 33

## 3

Citez deux exemples d'œuvres du XVIIIe siècle qui illustrent l'impossibilité d'un savoir universel.

FICHE 33

## 4

Qu'est-ce que la perspective et qu'apporte-t-elle à la peinture de la Renaissance ?

FICHE 34

## 5

Qu'est-ce que le « grand genre » dans la peinture classique ?

FICHE 35

## 6

Qu'est-ce la physiognomonie ?

FICHE 35

## 7

Citez trois fonctions des mondes imaginaires en littérature.

FICHE 36

## 8

Citez au moins trois caractéristiques de la vie en Utopie chez Thomas More.

FICHE 37

## RÉPONSES

**Efforcez-vous de répondre aux questions par vous-même avant de consulter les réponses, puis révisez régulièrement pour bien mémoriser.**

### 1

**Encyclopédie** : ouvrage de grande envergure qui donne un aperçu de l'ensemble des savoirs disponibles à une époque donnée.

### 2

**Humanisme** :
- appétit de savoir dans tous les domaines
- désir de s'approprier les connaissances (par la réflexion)
- éducation au service de l'épanouissement humain

### 3

Impossibilité d'un **savoir universel** :
- *Micromégas*, Voltaire (1753)
- *Tristram Shandy*, Sterne (1759)

### 4

**Perspective** : représentation juste et proportionnée de l'espace.
→ figuration nouvelle du réel, à la mesure de l'œil humain.

### 5

**« Grand genre »** : peinture historique ; représentation de scènes historiques, bibliques ou mythologiques qui vise à instruire le spectateur.

### 6

**Physiognomonie** : théorie souvent présentée comme une science à l'âge classique, selon laquelle il existe des liens entre l'état d'esprit ou la personnalité d'un individu et son apparence physique.

### 7

Les **mondes imaginaires** permettent :
- de dépayser le lecteur
- de critiquer la société réelle
- de réfléchir à une société idéale

### 8

Caractéristiques de la **vie en Utopie** :
- simple et frugale
- communautaire
- proche de la nature
- monacale et uniforme

# Peut-on comparer l'animal à une machine ?

40

☐ OK

**Comparer un animal à une machine aurait semblé étrange à une personne de l'Antiquité. Mais la modernité instaure de nouvelles représentations de l'animal, dont la théorie des « animaux machines » fournit une illustration frappante.**

## I L'explication de la vie

### 1 La conception antique

- Pour les Anciens, la vie s'explique par la présence d'une âme (du latin *anima*, « souffle » qui anime la matière) qui permet d'avoir un mouvement autonome, de naître et de croître avant de dépérir et de mourir.
- Tous les êtres vivants ont une âme selon Aristote : les plantes possèdent une « âme végétative » assurant les fonctions de nutrition et de reproduction ; les animaux possèdent en plus une « âme sensitive », qui leur permet de ressentir douleur ou plaisir, et les humains y ajoutent l'« âme intellective », qui permet de penser (*De l'âme*, IVe s. av. J.-C.).
- Il y a donc une continuité dans le règne du vivant et dans la nature en général. Les humains s'inscrivent dans la grande chaîne des êtres et appartiennent à une nature ordonnée, où chaque chose a sa place.

### 2 Les « animaux machines »

- La révolution scientifique et philosophique moderne rompt cette continuité et place l'humain en position d'extériorité face à la nature ▶ FICHE 24 : ainsi, Descartes pose que seul l'homme possède une âme, tandis que tout le reste de la nature est purement matériel.
- En conséquence, le mécanisme est privilégié dans les sciences de la nature, y compris pour les animaux : la présence de la vie s'explique par des causes purement mécaniques.
- Selon Descartes, on peut assimiler les animaux à des machines car tout en eux peut s'expliquer par « figures et mouvements ». Le corps est comme une machine très complexe composée de nombreux rouages : certains ne sont pas visibles à l'œil, mais leur fonctionnement ne présente aucun mystère (*Discours de la méthode*, 1637).

**Mot clé**

Le **mécanisme** est une doctrine qui explique le fonctionnement de la nature et des êtres vivants par les seules propriétés physiques de la matière.

- Pour lui, le fait que les animaux adoptent toujours des comportements adaptés démontre qu'ils n'agissent pas par volonté ou intelligence, mais **de façon mécanique**, comme une « horloge » bien réglée.

## II La thèse mécaniste en débat

### 1 Des progrès remarquables

- La comparaison du corps avec une machine permet de grands progrès en **anatomie**. C'est en comparant le cœur avec une pompe que le médecin anglais Harvey explique la circulation sanguine en 1628.
- La fabrication d'**automates** au XVIIIe siècle conforte les thèses mécanistes : en 1734, l'ingénieur Jacques de Vaucanson met au point un canard capable de digérer des aliments.

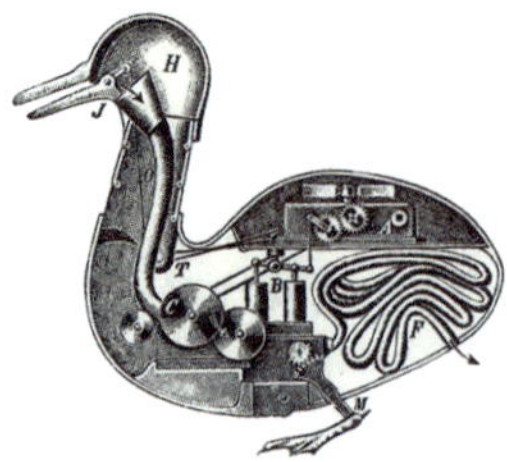

**Mot clé**

Un **automate** est une machine qui se meut d'elle-même.

### 2 Des remises en question

- Pour **Kant**, on ne peut pas comparer un organisme avec une machine : contrairement à une montre, fabriquée par un agent extérieur (l'horloger), un animal **se forme de lui-même** en assimilant des matières extérieures, et ne supporte pas d'être démonté et remonté. Il **se reproduit** et peut même dans une certaine mesure **se réparer** tout seul (*Critique de la faculté de juger*, 1790).
- Ce modèle est aussi contestable d'un point de vue **éthique** : l'animal est un être vivant doué de **sensibilité**, donc sujet comme nous à la souffrance.

## L'ESSENTIEL

**Conception antique (Aristote)** →
- Tous les êtres vivants ont une âme (plantes, animaux, humains).
- L'âme a diverses fonctions (croissance, sensation, pensée...).

**Conception moderne (Descartes)** →
- Seul l'être humain a une âme, l'animal agit comme un automate.
- L'âme n'a qu'une fonction (la pensée).

# Le langage est-il le propre de l'homme ?

41

☐ OK

**Les animaux savent se faire comprendre par d'autres moyens que la parole. Peut-on alors considérer qu'ils possèdent une forme de langage, et que la séparation entre l'animal et l'homme est moins grande qu'on pourrait le croire ?**

## I Les formes animales de langage

### 1 Une analogie évidente

- Comme les humains, les animaux émettent des sons et utilisent le langage corporel pour communiquer entre eux.
- **Montaigne** en fait le constat : « qu'est-ce autre chose que parler, cette faculté que nous leur voyons de se plaindre, de se réjouir, de s'entr'appeler au secours, de se convier à l'amour, comme ils le font par l'usage de leur voix ? » L'homme ne doit donc pas s'enorgueillir de sa supériorité.

> **Citation**
> « Il y a plus de différence de tel homme à tel homme qu'il n'y a de tel homme à telle bête. » (Montaigne, *Essais*, fin du XVI$^{e}$ s.)

- Le langage humain est certes plus complexe que le langage animal, mais nous n'avons fait que **perfectionner**, par l'art, une faculté donnée par la nature.

### 2 Voix et parole

- Aristote soulignait cependant certaines différences dans *La Politique* (IV$^{e}$ s. av. J-C.) : l'homme ne se contente pas de manifester des émotions au moyen de la « voix » ; il use de la « parole » pour **exprimer des idées abstraites**, débattre par exemple sur la question du juste et de l'injuste, ou encore échanger pour le simple plaisir de la conversation.
- Ainsi, c'est parce que l'homme est un **« animal politique »**, capable de formuler des lois et d'organiser la vie en société, que la nature l'a doté du *logos* (en grec, à la fois le « raisonnement » et le « discours »).

## II Le langage est le propre de l'homme

### 1 Langage et pensée

- Avec le triomphe de la physique mécaniste et la théorie cartésienne des **animaux machines** ▶ FICHE 40, le XVII$^{e}$ siècle dénie toute forme de langage aux animaux : selon Descartes, un animal ne parle pas, pour la simple raison qu'il ne pense pas. L'homme seul ayant une âme, il est seul à user du langage qui permet de **manifester la pensée**.

- Certains animaux peuvent **imiter la voix humaine**, mais on ne peut pas pour autant considérer qu'ils parlent. Une pie disant « bonjour » à sa maîtresse ne lui souhaite pas une bonne journée : elle ne fait que répéter un acte qu'on l'a patiemment dressée à accomplir. À l'inverse, observe Descartes, des hommes privés de la faculté de parler parviennent toujours à **exprimer leurs pensées** par d'autres moyens, tels que le langage des signes ou l'écriture (*Lettre au marquis de Newcastle*, 1646).

## 2 Les apports de l'éthologie et de la linguistique

- L'éthologie **moderne** a mis en évidence l'existence d'une communication chez les animaux. Celle-ci est connue de longue date, comme chez les chimpanzés ou les gorilles, ou restée longtemps insoupçonnée, comme chez les abeilles qui, par une petite danse, indiquent à leurs congénères la direction et la distance pour trouver de bonnes fleurs (Karl von Frisch, *Vie et mœurs des abeilles*, 1927).

> **Mot clé**
>
> L'**éthologie** est la science des comportements animaux.
> Il ne faut pas la confondre avec l'ethnologie, qui étudie les sociétés humaines.

- Mais les linguistes estiment que les humains et les animaux ne sont pas égaux sur le plan du langage. Seul le langage humain est **combinatoire** : plusieurs dizaines de sons différents se combinent pour former des milliers de mots dont la signification est fixée **par convention** dans des langues différentes. Ces mots permettent à leur tour de composer une **infinité de phrases possibles**, et ainsi d'échanger sur toutes sortes de sujets.

### L'ESSENTIEL

**Communication animale** →
- comportement instinctif
- naturelle (cri, gestes)
- expression d'émotions par la voix
- transmission d'informations simples

**Langage humain** →
- attitude consciente
- conventionnel (mots, signes)
- expression d'idées par la parole
- construction complexe (sons, mots, phrases)

# À quoi servent les personnages animaux dans la fiction ?

42

OK

**Des récits mythologiques aux écrits contemporains, l'animal s'impose comme une source d'inspiration fertile, particulièrement dans la fiction où il est souvent un personnage à part entière. Comment expliquer cette présence de l'animal en littérature ?**

## I Divertir, captiver

### 1 Le plaisir de l'imaginaire

- Dès l'Antiquité, Ésope et Phèdre mobilisent dans leurs fables un riche bestiaire. En véritables enchanteurs, ils transforment les animaux en **créatures parlantes** douées de conscience. « Tout parle en mon ouvrage, et même les poissons, » déclare La Fontaine au XVII^e siècle à propos de ses *Fables* (1668-1694), inspirées des fabulistes antiques ▶ FICHE 44.

**Mot clé**

Un **bestiaire** désigne, au Moyen Âge, un recueil de récits allégoriques, religieux et moraux sur les animaux. Par extension, il renvoie à l'ensemble des animaux figurant dans une œuvre.

- Recourir à des personnages animaux permet de **marquer l'esprit** des lecteurs, et notamment des plus jeunes : La Fontaine fustige par exemple les abus des puissants à travers l'exemple de l'Agneau injustement dévoré par le Loup, dans la fable éponyme.

### 2 Des animaux fascinants

- Au Moyen Âge, le *Roman de Renart* met en scène une comédie animale qui obtient un immense succès populaire.
- Les contes de Perrault mettent en avant **l'étrangeté** parfois inquiétante de l'animal, comme dans « Le Petit Chaperon rouge » où le loup semble incarner les désirs bestiaux tapis à l'intérieur de l'homme.
- Les personnages animaux sont cependant des vecteurs privilégiés du **merveilleux** : ainsi de l'ingénieux chat doué de parole qui fait le bonheur de son maître dans « Le Chat botté », ou de l'âne aux vertus surnaturelles dans « Peau d'âne ».
- L'animal fascine également par sa **plasticité** : il offre de multiples facettes inattendues, et sans cesse renouvelées. Le chat-huant, harcelé et torturé par les autres oiseaux, devient par exemple la métaphore du poète incompris dans les *Fables* de Florian (1792).

## II Questionner, critiquer

### 1 Dénoncer les vices

- Les personnages animaux fonctionnent souvent comme les **miroirs critiques** de travers humains. « Je me sers d'animaux pour instruire les hommes », précise La Fontaine, qui assigne à ses *Fables* une mission d'édification morale fidèle à l'esthétique classique.
- Dans sa *Lettre d'un singe aux êtres de son espèce* (1781), Restif de La Bretonne place dans la bouche d'un primate des considérations mordantes sur nos vices (avidité, lâcheté…), pour mieux les combattre.
- Le détour par l'animal permet de mettre au jour la violence des **rapports sociaux**. Dans la *Satire première* (1773), Diderot fait le portrait animalier de ses semblables : l'individu le plus commun est « l'homme mouton » doux et docile, mais celui-ci cohabite avec « l'homme tigre », « l'homme serpent » ou encore « l'homme loup ».

> **À noter**
> Au XVIIe siècle, Charles Le Brun s'inspire de la **physiognomonie** pour dessiner des visages humains dotés de traits animaliers troublants ▶ FICHE 35.

### 2 Remettre en cause le statut et la place de l'homme

- Recourir à des animaux permet de remettre en question **la place de l'homme** et sa supériorité autoproclamée sur les autres espèces.
- Dans ses *États et Empires du Soleil* (éd. posthume, 1662), Cyrano de Bergerac imagine un **monde inversé** où des oiseaux parlants intentent un procès à l'homme, dont la cruauté est ridiculisée. De même, dans le *Dialogue du chapon et de la poularde* de Voltaire (1763), deux volailles dans l'attente d'être dévorées dénoncent la **brutalité barbare** des humains.
- Dans *Les Voyages de Gulliver* de Jonathan Swift (1721), ce sont les Houyhnhnms, des chevaux dotés d'intelligence et de sagesse, qui sont supérieurs aux orgueilleux Yahoos, semblables aux humains.

### L'ESSENTIEL

**Fonctions des personnages animaux**
- éveiller l'imagination du lecteur
- révéler les vices des hommes et de la société
- questionner la supériorité de l'homme sur l'animal

# Pourquoi la littérature est-elle peuplée de monstres ?

43

☐ OK

**Les créatures monstrueuses traversent l'imaginaire humain depuis de nombreux siècles, interrogeant constamment notre regard sur ce qui nous paraît étranger, ainsi que notre propre humanité.**

## I Une source de fascination

**À noter**

Le mot « monstre » vient du latin *monstrum*, terme du vocabulaire religieux qui désignait un phénomène extraordinaire censé avertir les hommes de la volonté des dieux.

- La mythologie gréco-romaine abonde en monstres de toutes sortes : ils permettent de **mettre en valeur les héros épiques** qui les affrontent, comme le Sphinx, vaincu par la sagacité d'Œdipe, ou bien la Gorgone Méduse, terrassée par Persée.
- L'ère médiévale est également riche en bestiaires de toutes sortes. Les monstres témoignent de la présence du Mal dans un monde très chrétien. Le « monstrueux Physetere » tué par Pantagruel dans le *Quart Livre* de Rabelais (1552) symbolise **la victoire de l'homme sur ces forces obscures**.
- À la Renaissance, on désire **montrer au plus grand nombre** des créatures qui paraissent extraordinaires, mais qui existent réellement : la gravure d'un rhinocéros indien par Albrecht Dürer (1515) est par exemple admirée dans toute l'Europe.

## II Un moyen de mieux comprendre la nature

### 1 Un désir de connaissance

- Dès la Renaissance, les monstres font l'objet de premières **approches scientifiques**. Malgré la crédulité dont il fait preuve dans *Des monstres et prodiges* (1573), le chirurgien Ambroise Paré entreprend de classer ces êtres qui apparaissent « outre le cours de Nature » afin de mieux les comprendre.
- La volonté **d'analyser rationnellement** ces phénomènes perçus comme inexplicables s'accentue avec les Lumières. Le développement des études anatomiques permet de démystifier progressivement les faux prodiges, comme l'entreprend Buffon dans son *Histoire naturelle* au cours de la deuxième moitié du XVIII$^{e}$ siècle.

## 2 Une réflexion sur la nature humaine

- Chez Rabelais, les monstres prennent une dimension allégorique, qui sert à **mieux comprendre l'homme**. Dans le *Quart Livre*, la longue liste baroque des organes internes et externes de Quaresmeprenant permet d'opérer une véritable dissection du corps humain.
- La monstruosité permet de réfléchir sur **les frontières de l'humanité**. Dans ses *Essais* (1595), Montaigne prend l'exemple d'un enfant considéré comme « monstrueux » afin de prouver que, malgré sa difformité physique, il n'en demeure pas moins un être humain : « il n'y a rien, quoi que ce puisse être, qui ne soit pas selon la nature ».

# III Le monstre, un miroir critique de l'homme

- Dès l'âge classique, certains personnages du théâtre tragique racinien laissent libre cours à leur **monstruosité morale**. Dans *Britannicus*, l'Empereur Néron est un « monstre naissant » de plus en plus terrible ; dans *Phèdre*, la protagoniste, ravagée par sa passion incestueuse, engendre la mort de son beau-fils par ses calomnies.
- Dans le conte *La Belle et la Bête* (1757) de Jeanne-Marie Leprince de Beaumont, la Bête a effectivement une apparence terrifiante, mais **son cœur est pur**. « Il y a bien des hommes qui sont plus monstres que vous », lui confie la Belle. La figure traditionnelle du monstre se renverse : la véritable monstruosité n'est plus physique, mais morale.
- L'on retrouve **ce trouble entre l'homme et le monstre** tout au long du siècle romantique : la créature de Frankenstein (Mary Shelley, 1818) ou le vampire Dracula (Bram Stoker, 1897) sont autant de figures qui nous interrogent sur notre propre rapport à autrui et au monde.

### L'ESSENTIEL

**Le monstre en littérature**

1. **Antiquité et Moyen Âge :** fascination pour des créatures mythiques et maléfiques
2. **Renaissance :** désir de comprendre la nature et l'origine des monstres
3. **Lumières :** démystification rationnelle et scientifique
4. **Romantisme :** réflexion sur la monstruosité intérieure de l'être humain

# ŒUVRE CLÉ • La Fontaine, *Fables*

44

☐ OK

**S'il est une œuvre qui vient à l'esprit lorsqu'il est question d'animaux, c'est bien celle de La Fontaine ! Les douze livres des *Fables*, publiés de 1668 à 1694, allient plaisir esthétique et réflexion morale.**

## I Des fantaisies animalières

### 1 Des animaux divertissants

- Les **personnages animaux** figuraient déjà au cœur des fables d'Ésope et de Phèdre dans l'Antiquité ▶ FICHE 42. En convoquant un bestiaire attendu, La Fontaine s'inscrit dans la continuité de ces fabulistes ; il puise également dans le répertoire oriental traditionnel.

- Il s'appuie sur des **animaux stéréotypés**, auxquels il donne la parole par le biais de la prosopopée. Des descriptions courtes mais hautes en couleurs, adossées à des dialogues plaisants, campent efficacement chaque animal dans l'esprit du lecteur.

> **Mot clé**
>
> La **prosopopée** consiste à donner la parole à des entités qui en sont privées en réalité, comme les animaux, les objets ou les esprits des morts.

- Le lecteur est séduit par les **situations et dialogues improbables** et pleins de la « **gaieté** » qu'affectionne La Fontaine. Il s'amuse des équivoques burlesques entre l'homme et l'animal : un cochon est baptisé « Dom Pourceau », le roi lion « Sa Majesté Lionne ». Les frontières entre humains et animaux se brouillent.

### 2 Des animaux propres à transmettre des leçons

- **Plaire et instruire** : telles sont les ambitions de La Fontaine, conformes à celles du **classicisme** au XVIIe siècle. Le détour par les animaux fonctionne comme un « piège à écoute » (Louis Marin).

- Le premier recueil des *Fables* (1668) est dédié au jeune fils et héritier du roi Louis XIV afin de contribuer à son éducation. Dans sa préface, La Fontaine cite l'exemple de la fable « Le Renard et le Bouc » pour illustrer la sensibilité accrue des enfants aux leçons tirées d'histoires fictives.

- La fable « Le Pouvoir des fables » met en lumière le **goût des hommes pour la fiction** à tout âge : un orateur capte l'attention de son auditoire grâce à une fable, plus que par sa harangue politique. La Fontaine en conclut qu'il faut « amuser [le monde] encor comme un enfant. »

## II Des questionnements profonds

### 1 Une satire sociale et morale

> **Mot clé**
> L'**argumentation indirecte** consiste à transmettre des idées de manière détournée, en s'appuyant sur le procédé de la fiction.

- La fantaisie est mise au service de **considérations morales et politiques**. Les animaux, puissants ou opprimés, renvoient à la **société française** du XVIIe siècle, dont les injustices sont critiquées grâce à l'argumentation indirecte, comme dans la fable « Les Animaux malades de la peste ».
- Les **vices humains**, représentés par les différents animaux, défilent au gré de cette « ample comédie aux cent actes divers » : le lecteur s'interroge sur la conduite à adopter en toutes circonstances. Il s'agit d'atteindre l'idéal classique de **l'honnête homme,** fondé sur la raison et la modération ▶ FICHE 4.
- Rousseau remet en question dans l'*Émile* (1762) la **pertinence** des *Fables* auprès des enfants : « la morale en est tellement mêlée et si disproportionnée à leur âge, qu'elle les porterait plus au vice qu'à la vertu ».

### 2 Une invitation à reconsidérer l'animal

- La Fontaine fait entendre les **torts dont sont coupables les hommes** vis-à-vis des animaux. Ces derniers les accusent ouvertement de cruauté et d'un **anthropocentrisme** fallacieux : « ils se mettent en tête / Que tout est né pour eux, quadrupèdes, et gens, / Et serpents » (« L'homme et la couleuvre »).
- L'homme est invité à **rougir de ses défauts** : « De tous les animaux, l'homme a le plus de pente / À se porter dedans l'excès ». Et le fabuliste d'ajouter : « C'est de l'homme qu'il faut se plaindre seulement ».
- Contre Descartes et sa théorie de « l'animal-machine », La Fontaine défend **l'intelligence animale** dans le « Discours à Madame de la Sablière », en faisant par exemple l'éloge de l'ingéniosité des castors.

### L'ESSENTIEL

**Plaire** → 
- variété des personnages et des situations
- appel à l'imaginaire (animaux personnifiés)
- « gaieté », légèreté de l'écriture

**Instruire** →
- critiquer les vices humains
- dénoncer les injustices sociales
- défendre la sensibilité animale

# Quiz EXPRESS

**45**

Avez-vous bien révisé les fiches 40 à 44 ? On vérifie !

## L'homme et l'animal

### 1 La différence entre l'homme et l'animal

▶ FICHES 40 & 41

> La parole est l'unique signe et la seule marque assurée de la pensée cachée et renfermée dans les corps ; or tous les hommes les plus stupides et les plus insensés, ceux mêmes qui sont privés des organes de la langue et de la parole, se servent de signes, au lieu que les bêtes ne font rien de semblable, ce que l'on peut prendre pour la véritable différence entre l'homme et la bête.
>
> Descartes, *Lettre à Morus* (1649)

| Vrai ou faux ? | Vrai | Faux |
|---|---|---|
| a. Descartes s'oppose ici à Aristote. | ☐ | ☐ |
| b. La pensée est inséparable du langage. | ☐ | ☐ |
| c. Selon Descartes, puisque les animaux ne parlent pas, c'est qu'ils ne sont que des machines. | ☐ | ☐ |

### 2 Les animaux au service de la morale

▶ FICHES 42 & 44

Les *Fables* de La Fontaine :

- ☐ a. s'inspirent des fabulistes antiques
- ☐ b. sont accessibles aux enfants, selon Rousseau
- ☐ c. ont vocation à divertir.

### 3 La figure du monstre

▶ FICHE 43

**Reliez chaque période à la manière dont elle perçoit le monstre.**

| | |
|---|---|
| a. Antiquité et Moyen Âge • | • e. désir de compréhension |
| b. Renaissance • | • f. réflexion sur la monstruosité dans l'homme |
| c. Lumières • | • g. démystification rationnelle et scientifique |
| d. Romantisme et au-delà • | • h. peur et fascination |

# CORRIGÉS

## 1 La différence entre l'animal et l'homme

a. **Faux.** Aristote disait déjà que l'homme s'exprime par des « paroles » (il parle), alors que l'animal n'est doué que de la « voix » (il pousse des cris).

b. **Vrai.** Il faut cependant distinguer parole et langage : les personnes sourdes et/ou muettes ne parlent pas mais parviennent à s'exprimer par des signes.

c. **Vrai.** Selon Descartes, si les animaux n'ont pas de langage, c'est parce qu'ils n'ont pas d'esprit : ce sont donc des êtres purement matériels.

## 2 Les animaux au service de la morale

**Réponses a et c.** La Fontaine s'inspire notamment d'Ésope et de Phèdre, pour des fables qui visent à plaire, mais aussi à instruire. Il les pense adaptées aux plus jeunes, tandis que Rousseau craint que l'esprit des enfants ne soit vicié par les fables.

**Citation**

« Au lieu de s'observer sur le défaut dont on les veut guérir ou préserver, [les enfants] penchent à aimer le vice avec lequel on tire parti des défauts des autres. »
(Rousseau, *Émile*, 1762)

## 3 La figure du monstre

a. **Réponse h.** Le monstre, souvent terrible voire démoniaque, est perçu comme un sinistre présage.

b. **Réponse e.** Les monstres perdent de leur pouvoir de sidération : ils font partie de la nature et peuvent être étudiés.

c. **Réponse g.** Le regard scientifique des Lumières donne des explications rationnelles à ces « monstres » qui n'en sont plus.

d. **Réponse f.** L'on révèle et étudie la part de monstruosité qui existe à l'intérieur de chaque être humain.

# *FLASH***CARDS**

**46**

Mémorisez les idées clés des fiches 40 à 44.

## L'homme et l'animal

### 1

À quoi Descartes compare-t-il le corps vivant pour expliquer son fonctionnement ?

▶ FICHE 40

### 2

Quelle est la différence entre la voix et la parole selon Aristote ?

▶ FICHE 41

### 3

Citez trois caractéristiques propres au langage humain.

▶ FICHE 41

### 4

Dans les *Contes* de Perrault, quelles caractéristiques rendent les personnages animaux fascinants ?

▶ FICHE 42

### 5

Citez au moins deux œuvres où les animaux dénoncent la brutalité des hommes.

▶ FICHE 42

### 6

Quelles sont les deux principales fonctions du monstre dans la mythologie gréco-romaine ? Citez un exemple.

▶ FICHE 43

### 7

À quelles réflexions sur le monstre le conte *La Belle et la Bête* nous engage-t-il ?

▶ FICHE 43

### 8

Sur quel débat philosophique lié aux animaux La Fontaine s'oppose-t-il à Descartes ?

▶ FICHE 44

## RÉPONSES

**Efforcez-vous de répondre aux questions par vous-même avant de consulter les réponses, puis révisez régulièrement pour bien mémoriser.**

### 1

Descartes compare le corps vivant à une **machine** (ensemble de pièces et de rouages pas toujours visibles à l'œil, mais dont le fonctionnement obéit à des règles).

### 2

- **Voix** : permet aux animaux de manifester des émotions.
- **Parole** : permet aux humains d'exprimer des idées.

### 3

**Langage humain** :
- conventionnel (mots propres à chaque langue)
- combinatoire (combinaison de sons, de mots, de phrases)
- abstrait (capacité à évoquer des idées).

### 4

**Caractéristiques fascinantes** :
- étrangeté terrifiante (ex. : le Loup)
- caractère merveilleux (ex. : l'âne de *Peau d'âne*)
- recours à la personnification (ex. : le Chat botté anthropomorphe).

### 5

Recours aux animaux pour **dénoncer la brutalité humaine** :
- *Fables* (La Fontaine)
- *États et Empires du Soleil* (Cyrano de Bergerac)
- *Dialogue du chapon et de la poularde* (Voltaire)

### 6

**Fonctions du monstre** :
- manifestation divine qui dépasse l'entendement
- mise en valeur du héros épique qui l'affronte.

→ le Minotaure (Thésée), le Lion de Némée (Hercule), le Sphinx (Œdipe)...

### 7

**Réflexions sur le monstre** dans *La Belle et la Bête* :
- une apparence monstrueuse peut cacher une âme noble et vertueuse
- la véritable monstruosité est morale plutôt que physique.

### 8

Débat sur **l'intelligence animale** :
- Descartes : théorie des animaux-machines dépourvus de conscience
- La Fontaine : éloge de l'ingéniosité et de la sensibilité animales.



Achevé d'imprimer en Espagne par Grafo à Basauri - Dépôt légal : n° 07811-6/01 - Août 2021